JN061874

死にたさの虫が鳴いている

妄想私小説

HiharaYuichi
日原雄一

幻戯書房

目次

巻頭歌

雨魔羅無宿の田園都市線

死にたさを詰まらせながら
きょうもギュウ詰めの田園都市線が走る
死んだ目の少年、少女たち
かつての少年少女たちが
死にたさで身体をパンパンにして
雨のなか、満員の田園都市線が走る
三軒茶屋、二子玉川、高津、溝の口……
振りさかる雨にある死にたさが
みんなの心臓に沁みこんでくる

ハハ、みんなの死にたさを
だれも　だれしも
癒すことなんてできないから、きょうも私は
虚無に供物をささげているのです

いと少しあけたストロングゼロの、
のこりは死にたい私がいただきまして
どす黒い雲と雨につつまれた世界のなか
アルコールをすりつつ
私にできることは、自分の死にたさをぼやかして
みんなの死にたさはどうだいと、空に問うだけであります

かくて、田園都市線の各都市は
死にたさをまとう者たちが
ちりぢりばらばらに帰っていくなか

勃起した魔羅が凱旋する日を
『雨魔羅無宿』の全滅の日を
今日か明日かと待望しておるのです

妄想私小説

死にたさの虫が鳴いている

序章　渋谷ホテル街に死にたさが降るのだ

どのラブホテルがいいか見つくろっていた。×学二年生の子を連れて。渋谷ハチ公口をでてスクランブル交差点。カラフルで突拍子もない格好の人びとにかこまれている。ここでかつて立川談志は、「テポドンはここに落ちりゃいいンです」と言ったという。109を右に東急Bunkamuraを、カラフルなひとびとともにゆっくりとめざす。新型コロナ禍もおさまりつつあるのかないのか微妙な二〇二二年秋、渋谷の人混みは、二〇一九年以前のようだった。

そびえたつ東急。渋谷のそこかしこに東急はあるが、Bunkamura方面の東急はとくに調子に乗った陽キャの街である。渋谷で生まれ渋谷で育った落語家、夢月亭清麿が言っている。「渋谷って街はただただ頭でっかちな街になっちゃいましたね」、「電通と博報堂がやることはロクなもんじゃないですね、その象徴が渋谷ですよ」という。

お洒落ぶったやたら荘厳ぽい黒い入口をとおって、Bunkamuraギャラリーを脇に、喫茶スペースではいけすかない男女が文化、社会学論をかわしていたりする。新しいカルチャーな雰囲気を身にまとおうと、奇抜な恰好をしているふりをしたひとびとがつどうBunkamuraギャラリーで、同類の私たちも不可思議な展示をみてから、いったん外に出る。通りの向かいに、細い坂道がある。ユーロスペースはここ、ユーロライブではお笑いライブのほかに落語もやってる、と、きつめの坂道をのぼりながら案内をした。×学二年生の木下くんは、東京は千駄木生まれだけど、渋谷のこんな奥まで来るのは初めて、といった様子でありました。

「なんか、いっぱいあるんですね」

小さな映画館の脇に、そこここに立ちならぶラブホテルを見て、木下遼太くんは言った。笑顔なのだ。本当に本当に、可愛らしい笑顔だったのです。

「それだけ需要があるってことだからね」

僕はちょっとキザな口調をつくってこう言った。

「欲望があふれてるんだよ、この街には」

中学生が歩くにはふさわしくない通りを、ゆっくり話しながらツーカする。

「きょうは、その格好してる可愛い、とっても可愛い木下くんをみれただけで、僕は満足なんだけど」

しごく軽い口調で言った。こざかしい私のことだ。そんな台詞を吐いているときの表情はきっとものすごく、わざとらしいほどの笑顔だったにちがいないのです。

あのね、精神科医の自分と、その患者である木下くんとの恋愛は、めちゃめちゃに御法度である。そもそも木下くんは×学二年生だから、こんなところに一緒に居ること自体、見るひとがみれば通報されるのであります。だけれども。東京、渋谷という街は、見るひとが居ても見てないふりをする街だ。

「きょうも、先生とそうする気持ちで来ましたから」

そんなことを言わせてしまっている、自分に嫌気がさす。死にたさの虫が顔を出す。

「どこにします?」

じゃあ、ここはどう? と、ひとつのラブホテルの、黒い立て看板には安っぽい字体で、休憩や泊まりの値段とともに「ビデオ・オン・デマンド」と書いてあった。

「面白い映画があるといいんだけどね」

「じゃあ、そこにしましょう」

木下くんは笑ってうなずいてくれた。髪の毛を長くライトグリーンにして、赤いスカートを履いた木下くんは、お化粧もしているようだから、パッと見、サブカルな若い女の子なのに、少年のあどけなさも残した、稀有の美しい存在でおりました。その半袖の服から見える白い腕には、無数のリストカットの跡も見える。

もし、ホテルの受付が有人で、なにかきかれても、女子大生、という設定で通そうか。入り口をくぐりながら、ひさしぶりに胸を高鳴らせながら、習慣になっているリボトリールとマイスリーを一錠ずつかみくだいた。睡眠薬をボリボリしつつ、電子パネルで部屋をえらぶと、受付にいた男性は、ちらとこちらをみた。

「ありがとうございます。九千五百円です」

「はい」

僕はうなづいて、一万円札をだした。

「お釣り、五百円になります」

見て見ぬふりをしてくれました！　僕は心中で喝采しながら、エレベーターを探した。

「あれ、ないねエレベーター」

「あそこですよ」

ちょうどさっきまでいた、受付のすぐ真後ろにあった。木下くんのほうが、よっぽどおちついているのでした。

「面白い映画、ないなあ。ああ、『女子高生誘拐飼育事件』シリーズはある。あと『熱海殺人事件』も」

「『熱海殺人事件』。聞いたことはありますけど」

×学二年生にして、中井英夫『虚無への供物』、三島由紀夫『仮面の告白』を読み大好きな世界だと言うこの子に、夢野久作『ドグラ・マグラ』、澁澤龍彦『都心ノ病院ニテ幻覚ヲ見タルコト』を教えたのはこの私だ。いちばん好きな映画は『ファンタスティック・プラネット』だというこの子に、アレハンドロ・ホドロフスキー『エンドレス・ポエトリー』を教えたのもこの私だ。男性として二次性徴期をむかえて。「男」になりたくない自分に気づいて。自分のペニスが勃起し定期的にオナニーし射精しないと、気持ちがじらじらするのがつらくて。といって本物の女性になりたいわけでもなくて、自分もよくわからず死にたいという木下くんに、Xジェンダーというセクシャリティを教えたのもこの私だ。私自身が書いたエッセイ集を手渡すと、面白かったですとニコニコして話してくれた木下くんに、一緒にでかける誘いをしたのもこの私だ。そんな男のむなしい欲望なんて、みんな彼にはバレているのだ。

「じらじらするもとは、僕が吸いとる治療をしてあげるから」と、あくまで医療者として接するのですというふりを続ける私に、「またフェラしたいって、素直に言ったらどうですか」と、妖艶な笑みで切り返してきたのは木下くんだ。「いつでも咥えさせてあげますし、咥えてあげますよ」。

どきり、とする。胸を焼きはらわれながら、僕は必死で動揺を隠そうとしている心中をかくそうとする。

「『熱海』は、舞台のほうがすごいんだけどね。ザ・ロングエストスプリングとか、サイコパスとか売春捜査官とか、いろんなバージョンがあってね」

しったかぶりをして僕は言った。つかこうへい事務所の『熱海殺人事件』を生で観たこともないくせに。

「YouTube にあがってる、この『熱海殺人事件』の舞台はすごいんだよ。とくに『ザ・

ロンゲストスプリング』が」

「そうなんですか」

ふたりでひろいベッドに横になりながら、『熱海殺人事件　ザ・ロンゲストスプリング』をスマホで再生した。チャイコフスキーの音楽が流れる。「チャイコフスキーはお好きですか」という『熱海殺人事件』のあの名ぜりふはないバージョンだが、オープニング・シーンで、木村伝兵衛部長刑事にはだかの美少年がだきついていてもだえている。

「きれいな子ですね」

「いつきちゃんのほうがきれいだよ」

歯の浮くような台詞をさらに甘くして吐き、僕はマイスリーをまた噛みくだいてから、木下くんにだきついた。木下遼太くん。本人は「遼太」という名前はきらいで、「いつき」と呼ばれたがっている。「樹」という意味なのだという。寄らば大樹の陰。いつきちゃんの股間のものは、寄りたい大樹だった。

服をひとつひとつぬがせながら、痩せた皮と骨ばかりの肢体があらわになってきた。木下くんの細く硬く長い、熱いペニスを口に含みながら、僕はおもった。ああ、死にたい。糸目で、歳をかさねて体重もましてきたのに、こんな罪深いことをのうのうとしている自分は死ぬべきなのだ。はやくしのう。

「ああ、先生……」

顔を両手でおおう木下くんは、感じてくれているようだった。すまない、申し訳ない。三〇を越えた自分が、ラブホテルに入ってこんなことをしようと、木下くん自身に言わせるよう仕向けた自分のずるさ、情けなさといったらない。

「ひとことでー、どんな女かと言いますとー！　私の、女、です！」

スマートフォンでは『熱海殺人事件』の再生が続いている。木下遼太くん、いつきちゃん。ほんとうにかわいいひとだ。いつきちゃんの可愛い、演技かもしれない悶え声をききながら、私は彼の赫い、赫い亀頭を舌で舐めころがしていた。

第一章　医学部生で自殺しかけたころ

二〇一五年。秋の日曜日。両親はでかけていた。仲のわるい妹はとうに家を出た。椅子の上に立って、窓の桟のところに、家にあったビニールひもをかけてくりつけて。まあるい輪っかをつくります。

そこに頭の先、つむじのほうから、目と鼻と口を通して、首にかけて。両手で握りしめている手が、離せない。ぴくりとも動かすことができない。足も、立った体勢のまま、椅子を蹴たおそうとしても、一寸も動かすことができない。見えない力、ナニ、自分で逡巡してるだけなのですが、ぜんぜん動かせないわけだ。

何もことを先に進めることができないまま、二、三時間が経ちました。さすがに私もつかれて。いったんそばのソファーにたおれこんだ。ふだんの居間。テレビ、こたつがある。オシャレ趣味の母親がえらんだ、やたらフカフカの絨毯だってある。

もう五時ちかくになるのか。日もとうに暮れてきていた。母が買ってきたアンティークの柱時計をみながら、私はおもった。ビニールひもをさがしだしたのが二時すこし前だったから、過ぎたこの時間の長さよ。

この時間を、卒業試験の勉強にあてろよ。

そう、「正しい人」なら言うだろうなと想像した。ふふふ。ひとつも面白くない。こんな状態の私をみて内科医の父は、「今はとても大変な状態だから」と、当時よく出されていた抗不安薬・デパスと、強力な抗うつ薬・リフレックスを置いておいてくれた。もちろん飲まなかった。

翌日から始まる、三日間の医学部卒業試験。私のいる聖教大学は当時、医師国家試験の合格率がほかの大学医学部と比べて、ビリかビリに近い位置だった。だから大学本部はどうしたか。頭のわるいやつは留年させまくるし、進級できても卒業させない。そして頭のいいやつだけ残せば、国試合格率は上がるだろう。上がるにちがいない。

しごく当然の論理だが、頭のわるい私にとっては、まったくもって由々しき事態なのであります。ひとまず医学部の六年間をつとめあげて、卒業の目途がたたないと、医師国家試験を受ける資格すらないのでありますから。

朝四時までテキストを持って、机の上やら下やらで、過去の医師国試問題をくりかえしくりかえし解きまくる。くりかえすうち、以前間違えた問題ができるようになる。とおもったら、前には出来ていたはずの問題をまちがえる。予想外のところからミスの連発がやってくる。

聖教大学の卒業試験は、国試合格率をあげるため、国家試験に沿うかたちでだされる。聖教大学だけじゃありません。よその医学部、看護師さんの学校とかも、そんなかたちになってきている。ただし例年、聖教大学の卒試は医師国家試験よりはるかに難しいものが出されると噂されていた。私は噂だいすきな人間だから、もちろんその噂は胸にふかくツキササッテおりました。その厄介な試験問題で、八十五点以上とらなければならない。

前年の国家試験ものにならない私が、それよりむずかしいとされるものを、八十五点以上もとれるものか。

私はアハハとわらっていた。わらわなければやっていられなかった。笑うでもなしと、山本夏彦の言葉が頭をよぎっていた。

あのときの心境をいま思い返すと。張賢徳先生のとなえる「解離仮説」、自殺関連行動をおこす者は意識が解離してしまっている状態にある場合が多いという説に、私自身もあてはまっていたとうなづける。ただ、解離しきっていなかったから、最後の一押しができなかった。押してくれればいいのに。もちろん、うつ病の診断基準もみたしうる状態だったろう。だから父親からのデパスとリフレックス、のんどきゃいいのにのまないんだ。自分の循環気質がわかってくるのは、もう少しあとになる。

チョイと時をもどしますと。この年、二〇一五年の春、六ヶ月ばかり前に。医学部六年生冒頭ひと月の病院実習・「BSC」で、聖教大学附属溝口病院精神科に行った。自らえらんで行った。聖教大学附属病院の、本院は雰囲気がピリピリして、看護師さんも医者の先生もこわい。とくに循環器内科と救急。えばりすぎるほどえばった医者と看護師さんばかりで、あんなとこ二度と行くものかとおもった。救急の先生にはこっちが必死で胸骨圧迫してるなか、「お前の押しかたじゃひとは救えない、代われ!」と怒鳴られた。こんな私なんぞがひとを救えるなんて、はなから思っちゃいないんだ。その私にやらせたのは救急の先生あんたじゃねえかと、こっちは胸中で啖呵を切った。胸の内でしか切れない啖呵だ。

同じ救急、循環器内科でも。聖教溝口病院は、村川裕二先生という、まったりとした雰囲気の優しい先生が教授をつとめておられた。心電図の専門書だけでなく、ふんわりとしたエッセイも書かれている。私の父親も循環器内科で、おなじく優しい雰囲気の教授に声をかけられて入局したのだという。とうぜん村川先生の名前も存じ上げていて、休日など、村川先生の話をよくした。いまおもえば、やっぱり内科のクリニックをやっているわけだから、同じ科に入ってほしかった気持ちもあったのだろうともおもう。ゴメンナサイ。ゴメンナサイのひとことで済ませる、済ませられるだろうと思わせるのが、私の父親のすごいところだ。とても優しくって、寡黙な父親だ。私が欲しそうなものがあったら、黙って買いあたえてくれた。母親も優しいひとだが、あれこれ世話焼きをし、気分の上下がはげしいひとだ。フランスの絵本の翻訳をやっている。息子は母親に似るというけど、私も母親にものすごく似ている。ただし、声は父親似らしい。隣に住む父方祖母のところに、べつにドアベルも鳴らさず声だけで挨拶して入って行ったら、叔母がビックリしていた。うちの父親の、姉にあたるひとだ。

「あ、雄一君かあ！　義文かとおもった」

日原義文。私の父親の名前だ。ついでにここで注釈すると、この私小説では、世間で名が通ったひとはバンバン実名で出しています。自分自身の本に関するものは、なんとなくもじったりもじらなかったりしてるけど、まあネットで検索すればすぐわかることです。親は親だからいいかと思ってる。実名をだすと迷惑がかかるかとおもうひとについても、名前をチョイともじらせていただいている。もちろん妄想私小説だから、実在しない人物も出てきますが。ナニ、だれもが実在しない。非実在登場人物による共同幻想の世界を、おもいだしながら書いている。アタマでかんがえてかいてるんじゃない、指がかってにうごくんだ。そんなところから、夢野久作『ドグラ・マグラ』の正木博士のとなえる、『脳髄論』は当たっている部分もあるんじゃないかとおもったりもする。脳髄はものを考えるところに非ず、個々の細胞が考えて、それを統合するのだという正木博士の主張通り、私の指はいま勝手に動いて、キーボードの上をかけめぐっている。両手で打ったりだとか、ブラインドタッチなんて芸当は当然できないから、右手の人差し指がモノスゴイ勢いでうごいている。

「先生のカルテの打ちかた、面白いですね」って溝口病院の看護師さんに言われたことがあるが、いま勝手に動く自分の人差し指をみて、たしかにおもう。なんか面白い、奇妙な動作する生命体のようにおもえる。じつに興味深い。

興味がまったくない科も、初期研修医としてまわらなければならないなら、まわりのひとが優しい溝口病院がいいなとウスボンヤリとおもってた。その溝口病院の精神科。どんなところだろうな、わるくない雰囲気のところだといいなと思ったら、果たしてすばらしい医局だった。精神科科長の張賢徳教授を筆頭に、医局長の辺先生、外来医長の諸星先生。心理士の伊豆野先生。みんな優しく、なごやかな先生がただった。張先生が時おり放つ冗談に、辺先生が突っ込んで。諸星先生は私たち下の者に、笑わせながらいろんなことを教えてくれて。伊豆野先生は重要なときに、そっと、優しく丁寧すぎるほど丁寧にお教えをいただいた。

溝口精神科に実際、行くまえに。張先生の文章は読んだことがあった。その前年度、五年生のときにはじめて、「ＢＳＬ」で溝口病院放射線科をまわったときに、自殺予防についてのプリントがくばられた。そこには。張先生がご経験された、国試直前の先輩の自殺について書かれていた。

のちに、この張賢徳先生は、自殺予防学会の理事長をつとめるかたと知る。『人はなぜ自殺するのか』という本でも語られるそのエピソードと文章に、僕は胸をえぐられる思いだった。死にたい思いはずっと前からありました。けれど、実行すると、こんなにまわりのひとを傷つけてしまうのか。

その、実習のひと月。出来のわるい学生が実習で外来を邪魔しに来たというのに、溝口病院精神科の先生がたは、優しくあたたかく迎えてくださった。「日原くんは入局決定だからね」。どこからもあいてにされないだろうと思っていた私に、幾度となくかけてくださったその言葉は、ほんとうにありがたかった。張先生のまえで、予診をとらせてもらったこともありました。

「十分くらい話きいてくれたら、それでいいからね。いったん区切りついたら、合図してね」

そうおっしゃる張先生の前で。夫を癌で亡くしてから、気うつにさいなまれている女性の話を聞いた。ひととおり聞かせていただいたあと、張先生の診察が始まって。「旦那さんが亡くなられたことを、自分のせいだと、自分を責めてしまっていたりはしませんか」

そうです、そうなんですその通りなんです、毎日それで自分を責めているんですと、患者さんはそのとたん、涙をぼろぼろこぼしながら語っておられた。私も診察室の後ろで見学をさせていただいていくなか、ほろり涙してしまった。

その診察が終わって。「お昼、一緒に行こう」とお誘いをいただいて。張先生と一緒に、病院八階の職員食堂で昼食をご馳走になった。

「先生は精神科、向いてるよ。いい医者になれるよ」

卒業試験、医師国家試験をまえにした学生に対して、リップサービスだろうけど。でも、精神科科長で、あんなものすごい、こころをぐっとつかむ診察をしているこの先生が、そんなサービスまでしてくださる。その心根のあたたかさに、私は全身が震えるほどうれしかったのだ。いまでも張先生の前にでると、医学部六年生の、あのころの自分になる。

そんな私が後になって。児童思春期だ。×学生の患者さんのペニスをしゃぶる。破門になって当然の、医者のクズの所業である。っていうか私には、もっとほかに破門になってしかるべき要素、案件はいくらもあったですし。師匠ゴメンナサイ。謝って済むことと済まないことがあるが、その区別がついてない私はいよいよ頭がオカシイ。

いまもむかしも頭がオカシイ私でも、聖教大学の卒業試験は、どうにか、ほんとうにどうにか通過を致しました。そのすぐあとの医師国家試験にも、合格の通知をもらった。合否発表サイトにも、自分の受験番号はありました。

聖教大学の卒業試験のほうが、医師国家試験よりむずかしいんだ。国試塾がやっている医師国家試験の採点サイトで答えを入力してみて、わりといい結果が出てたんだ。だから、自分の合格はほぼ確定してるんだ。

そう、口で説明していても、実際にそうなるとやっぱりちがうらしいのですね。合格のことをつたえると、母親も泣いた。

なにを泣いてやがんだとおもった。けれども祖母も泣いたから、やっぱり国家の試験に受かるというものはちがうものなのかとしみじみ思った。アナーキストを気どっている私が、国家試験にとおって国家資格を取る。取れた実績があった。ハハ、愉快だねとまたわらった。

わらいながら、立川左談次の独演会に行った。日暮里サニーホール。『立川左談次のひとりでやる会』。酒に溺れて酒に死んだ、立川左談次師匠。飄々とした話しぶりが好きだった。当時、『ローリングヘッズ叢書』に書いたレビューがこれだ。

立川左談次『ひとりでやる会』２０１６年3月10日、日暮里サニーホール

一週間後に国家試験の発表を控え、通ったらブラックな業界に入るもんで、受かっても落ちても修羅の道というヤな感じだったわけですが。同級生は卒業旅行、香港やラスベガス行ってるらしいんで、私も対抗して日暮里に。ご近所です。はたらくのがきらいな左談次の、久しぶりな独演会。「ひとりでやる会」って言いつつ三人くらい出る、ってみんなに突っ込まれてる会。

注目の左談次師ネタおろしは、四十五年ぶりという「子ほめ」。前座ばなしかよ、ってのがこの会のゆるさでいい感じ。でも、四十五年ぶんの熟成というか、例のごとくの「前座ばなしをベテランがやると違う」っていうもの以上の感銘を受けました。休憩はさんで、ラストは「錦の袈裟」。すごい勢いの与太郎がでてきてからの、「お前は古今亭志ん五か」にも、笑いと、ほんのり寂しさが。僕も大好きだったんですけどね……。この噺について、左談次師匠いわく。以前この会でもやったかもしれませんが、ネタ帳つけてないもんで、わからない。前回のネタすらわからない。私がわからないくらいだから、みなさんも忘れてるだろうということで……っていう、このテキトーな感じ大好きです。ブラック業界入りしたあとも、こんなふうに力まず、テキトーに生きてたい。

ああ、このレビューは、彩遊社から出してもらった、『偏愛的落語会鑑賞録の、ようなもの』に入れたんだっけか。「ガァーッ、まァいいや、気にしない……」、左談次の師匠である立川談志が「人生の師」と呼んだ、新宿紀伊國屋書店社長の田辺茂一の言葉だ。ホラ、すぐそうやって大樹のそばに寄る。寄ってるつもりなんだ。実際はただ酔ってるだけ。自己陶酔してアルコールに酔って睡眠薬に酔って、ふらつく先、依存対象を求めてるだけ。左談次師匠も、大酒がもとの食道癌で死んだのに。

僕はふらふらになりながら、目の前のパソコンの、前に座るコウキくんの手をにぎる。コウキくんはヤフオクで買った、美少年の人形である。人形でも美少年だから、私のこころをいやしてくれる。コウキくんのペニスを口に含もうとしたが、座った態勢なので、両足がじゃましてそうさせてくれない。木下いつきちゃんだったらすぐ咥えさせてくれるのになあと、いまの私はしみじみとおもう。

「けっきょく先生は、都合のいい相手を求めてるだけなんじゃないですか？」

いつきちゃんを今夜、二〇二二年の秋に、またデートへ誘ったラインの返事はこうだった。立川談志の言葉が、ぐるぐると頭をうずまく。「いい人っていうのは、自分にとって都合のいい人なんです」。ふらふらになって、かすれ声で、それでも懸命に「落語」を語っていた晩年の五代目立川談志。その談志も、僕が医学部四年のときに死んだ。二〇一一年の秋。初めて観れたのは二〇〇五年。紀伊國屋ホール『芸談大会』、本の出版記念イベントで、山藤章二・吉川潮と談志家元たちの座談会。山藤章二が好きだったから行ったのだが。その山藤章二がたびたび、『忘月忘日』などのエッセイで話題にする、立川談志という人物も気になっていた。前方で、立川志らくが古典落語「茶の湯」を演って。ええと、あのころの志らく師匠は、ほんとうに面白かったのです。今の志らく、志らく師匠？……あのねえ、うーん、かつて大好きだった芸人さんを、わるく言いたくないのですよ。志らく師匠のエッセイはすごく好きだ。YouTubeで、『落語のピン』で演ってる志らく師匠の動画もみてください。CD『志らくのピン』もいいです。

立川談志家元は、座談会さいごにひとり残って。サービスでジョークをいくつか、「アフリカン・ルーレット」とかを演って。

家元のロシアン・ルーレット。ご存じでしょうか。存じててもちがくても勝手に書く。

各国首脳が集まって。「我が国ロシアではロシアンルーレットというのがあって、銃を頭にあてて、一発だけ弾丸が入ってて、度胸だめしをやるんです」。「うちの国にもアフリカンルーレットというのがあります。美しい女性が並んでいて、えらぶと口でサービスしてくれる」。「ほー、それでどうしてアフリカンルーレットと言うのです」。「女性のひとりは人喰い人種で……」。

あのね、高校一年生だ。この日さんざん、立川談志の言葉の矢をうけてきて、さいごのこのジョークにやられた。こんなことまで言っていいのか。こんなに自由奔放に、好き勝手しゃべりまくれるひとがいるのか。

とはいえ高校生の身であるから。行動できる範囲はかぎられているけれど。そこから立川談志の高座を観に、チケットがとれれば埼玉まで、三枝との二人会にまでも行った。桂三枝、いまの文枝なんて観たくもなんともないけれど、家元と会をやるならしかたがない。家元は高座でたびたび、死にたい死にたいと語っていた。以降、実際にご逝去あそばすまで、病気療養をくりかえすのだ。最後の高座復帰が、二〇一〇年春になりますか。

その年の家元の出る落語会にも、何度か通っていた。いつも死にたい、死にたいと話していた立川談志は、いざ本当に心配な体調のなかで、必死に声をしぼりだしていた。二〇一〇年の年末、よみうりホール。恒例の、毎年人情噺『芝浜』を演じていた談志独演会。今年は体調もあって、過去にここで「芝浜」を演じた映像を流して、談志はトークで出演する予定だった。イベントの二週間ほど前、急遽『立川談志独演会』に変更となった。冒頭は山中秀樹アナウンサー、弟子の志らくと、談志家元とのトーク。あの、面白くってメチャクチャでアヴァンギャルドをやりつくして、落語界だけでなく芸界トップ中のトップの立川談志が、かわいそうなくらいかすれた声で、何度も何度も咳きこみながら語る。

その日の休憩時間。席を立つ高田文夫を観た。硬い表情だった。あの高田文夫先生が、沈鬱な様子に見えた。観ているほうもつらいけど、談志家元が出るなら観に行かなきゃいけなかった。「今日ははたして高座がつとまるのかいな。この文を書いている今、疑問が、いや自信がない。で、〝成り行き〟と例の如しとなるだろう」。立川談志、病気療養から復帰の高座、二〇一〇年その年の春、紀伊國屋ホールでの「立川流落語会」、プログラムに談志はこう書いている。「人生成り行き」。そう書いてある家元の色紙を私も持っていて、そのとおり生きそのとおり死にたいとおもっている。「所詮〝狂う〟ってなぁ甘ったれかネ」、「でも己の稼業、落語、放談など放っときゃ狂う。お景物の気狂いか。『居残り』も『芝浜』も、所詮俺らの甘ったれか」、「お客が来るうちは甘ったれているか」

甘ったれた談志も談志師匠だから、チケットがとれたら観にいかなければいけない。医学部の四年生で、三年生のときも留年してた私にとって、二回目の留年が決まった年。そんななかだからチケットを買うお金もナイ。交通費もナイ。

と言いたいが。すまぬが私も医者の息子だ。甘えるだけ甘ったれて、行きづらいなか行けるかぎりは行った。生気のない表情で、高座に上がった立川談志。「聴こえづらいでしょう。ごめんね、ごめんね、こんな声でね」

ごめんね、こんな男でね。そうだよ。僕は都合のいい、自分のことを癒してくれる、できれば可愛いらしい存在を求めてるんだ。それが君だ。いつきちゃんだったんだ。

そうラインの返事を送ってから、二時間が経つ。時刻は午前一時半。既読になってもいないから、もう寝ちゃったのかなともおもう。ああ、死にたいなあ、と死にたさの虫が鳴き、死にたさの粒を吐き出す。こういうときの「死にたいなあ」は、「恥ずかしいなあ」、「なんて自分はみにくいんだろうなあ」とも言い換えられる。

あのね、私の話はものすごい飛ぶ、大谷翔平より飛ぶんです。だから、みなさんでよいように、まとめてください。浪曲師のイエス玉川が、漫談でよく言うせりふだ。私も右におなじです。よいように、勝手にまとめてください。

それにしても、こんな三十路をすぎた男のあまりに勝手なラインメッセージに、いよいよ愛想をつかされてしまったかともおもう。そんなに勝手な返事ができるほど、私も酔っていたのだ。

数多にある不安のほころびを頭にして、私は震えて眠る。執行日の決まった死刑囚のように。執行は失効に通ずる。私自身がおよぼしうる効果なんて、とっくに失われているんだ。

翌朝、返事が来ていた。「都合のいい相手になってあげますよ。気が向くあいだは」。こんな返事を書ける×学二年生も。死にたがってリスカして、ODして救急搬送され、入院して、他の病院に通っていたけれど、縁あって私のところに来て。

いまもリスカをつづけている。自分のことを傷つけねばならない、自分は傷ついて痛がっている人間でなければならないという、強迫観念がぬけないらしい。

小学校、中学校と、オネエっぽいといじめられてきて。本当にチンコあるのかと、クラスの陽キャ男子が集団になって木下くんをおさえこんで。女子もいるフツーのクラスの休み時間に、ズボンもパンツも、窓から投げ捨てられたという。そんな小学五年生たちを、クラスの担任は「あんまりさわぐんじゃないぞー」と、「注意した」という行為がわずかに認められもしないような注意しかしなかったらしい。

木下くんは、私の本を読んでくれていて。「『私が好きな金玉アラカルト』って、タイトルだけでヘンタイすぎじゃないですか。内容もすごいヘンタイで、おもしろかったですよ」

私の患者はだいじだ。私の本の読者はもっとだいじだ。私の患者で、読者でもある木下くんは、いちばんだいじな存在だ。そう話してくれる木下くんに、いつしか夢中になっていた。

けれどもですよ。或る日の診察室で。「こんなものを書いてみたんですけど」と、スマホに書いた文章を見せてもらった。映画『パプリカ』についてのレビューだが、なんの気なしに読んで度胆を抜かれた。

今敏『パプリカ』（2006）　赫木血色

学校の通学路、汗臭いサラリーマンにぶっ潰されそうな満員電車の中でiPadで観た。この作品に平沢進が音楽担当として参加していることを知ってからずっと気になっていたが、なかなか見られる媒体が手元になかった。TSUTAYAだって近くにあったのになくなっちゃったし。けれどたまたま僕の妹がU-NEXTに韓流ドラマを見るために入ると聞いたから、よっしゃ見てやるぜぇという気持ちで見た。平沢進への愛を語ると長くなってしまうから割愛するがとにかくすごいんだ。本当に私の見たことのある夢がそこには描かれていた。

つかもうと思ったら安定していたはずの床が歪んで闇に落ちるだとか、ビルの屋上から飛び降りてビクッと夢から覚めるだとか、もう本当に夢を描いている。自分も試したことがある。夢を描いてみようと。でもやはり夢は夢だ、2次元には描き表せなくて当たり前だよなーははっなんて当時は思って諦めた。けれどその汗臭いサラリーマンにぶっ潰されそうな満員電車の中でのiPadという良好な環境とはいえない中でもそれはそれは紛れもなく夢そのものをこの作品で僕は体験したんだ。本当に衝撃を受けた。結局結末が示したかった本来の意味なんてものは微塵も分からなかったがこの作品がすごいのは夢を現実にあらわしたところだ。一度でも夢を見た人は見たらいい、どれほどまでに夢かを。

「赫木血色」という、彼のペンネームもすごいが。すさまじいエネルギーと才気にあふれているようなこの文章は、私の脳髄にズドンときた。死にたがっていた私は、おなじく死にたがっているこの子を、なんとか世に出さなければならない。魔性の美少年でありながら、妖艶の美少女でもある稀少な存在。その宝のようなひとが、自分自身をいつも傷つけて、腕や手首にリストカットのあとをいくつもつけ、太ももも傷でいっぱいらしい。

この天才の、危なっかしくてしかたがない核爆弾のような天才を、どうあつかえばいいのだろうか。私はふと宙をみて。ふとしたときに現れる死にたさの虫に、ちょっといまは待ってくれと、頭をかきむしった。ああ、死にたい。死にたさの虫がリンリン鳴いている。吐き出す死にたさの粒が、いつしかちいさな山になり、僕の胸にのしかかる。

第二章　中学、高校はみんな死にたいし

話はさらにさかのぼります。どこまでさかのぼろうか自分でまよってるとこだけど。とりあえず中学、高校と参りますか。も少し前、小学校のころぼっちの私にも仲良くしてくれた友人に、いまは画家をやっている結城唯善がいる。中学くらいのころから、いろんな絵のコンクールで賞をとって、なんにもない自分が嫉妬をして。嫉妬してる自分に嫌気がさして死にたくなって。そのころが、死にたさの虫があらわれだした最初だろうか。

結城唯善。ターボーと呼ばれて、クラスのおちゃらけ担当というか、人気者でありました。なんでか当時仏像好きで、川端康成なんかを小学生のくせに読んでいた。こっちはツ

ツイスト、筒井康隆ファンだから、いまおもうと趣味がそんなに合ったというわけじゃあないんでしょうが。そんな彼と陰キャの私が、なぜ仲良くできていたのかというと。

慶純信、中川ヒトシって友人と、一緒にマンガの同人誌なんかをやったりしたり。藤子・F・不二雄先生の話をよくしたりしましてね。オバケのQ太郎とか、当時まだF先生の大全集がでてない、てんとう虫コミックスも、「新オバケのQ太郎」もふくめて絶版だったから、古書価がすごい高騰してた。逆にいうと、古本屋でしか手に入らなかった。だから、二人でよく神保町に行った。おたがいの実家の本郷から、徒歩十五分くらいの距離感。当時も、さいきんもフト、神保町で顔をあわせることもある。F先生の「異色短編」は読めたから、『ある日……』の凄さを語りあったり。彼が美大に行ってからは、ふざけて「画伯」と呼んでるが、ほんとうに画伯になってしまったのがスゴイ。表参道のギャラリーでこの冬も個展があって、観に行ってきたばかりです。さいきん、ようやく彼の絵を、冷静に観ることができるようになってきた。幻想的で、すばらしい絵だった。それ以前は、まともに彼の絵もみれず、ふざけ半分のヨイショで嫉妬する自分を隠すことしかできなかった。

「ヨォーッ、こんどの作品もすごいネ。うまいッ。上手に人間の闇をえがいてる。闇の深さがスゴイ、こんな深い闇を美しく描いたのは、ルドンと画伯ぐらいだ」

そんなヨイショに、「やめてよ、もう」とわらう彼の顔に、死にたさの虫がとびつくのが見える。私の肩からヒョイととびうつり、彼の頭上から死にたさの粒を、こっちに吐き出してくる。そのつぶを呑み込みながら、心の臓に死にたさが、溜まってくるのを感じる。

彼も私もマンガを書いていたのは、小学生くらいまでか。中学校からべつべつになって。それでも、私はエッセイを、彼は絵や小説を書いて見せ合っていた。ひとり雑誌をつくっては、満足して彼に渡したり、表紙絵を描いてもらったりした。

神保町の裏道に、画伯のアトリエがあったこともあって。ふいに神保町で出会ったあと、そこで話し込んだりもした。こっちもそろそろ『ローリングヘッズ叢書』に文章を、載せてもらいだした大学生くらいのころのことか。そのころから少しずつ、彼の絵に向き合えるようになってきた。若くして賞をとって、美術団体の若手ホープとされた彼には彼の、大いなる苦悩があったにちがいないのだけれど。それを想像することもできない、あさはかな私でありました。中高の話をするつもりが、もう大学まで飛んでますか。

中学・高校ならみんな死にたい時期だ。そうでしょ。そうでないやつはこんなページ読んでるわきゃあない。

もちろんぼっちでありました。ソロプレイ、単独行動派。コミュ障な日原さんだ、友達なんているわけがないじゃありませんか。同級生に俳優のカク・ケントがいた。賀来千香子の甥っ子だ。いやなやつだった。どういうふうにいやなやつかというと、エピソードはひとつふたつくらいしかない。あたりまえだ、ふだんから接点もないし、同じクラスだった時期はあるけれど。実にいやな陽キャでした。国語の、ディベートの授業で。もうテーマも何もおぼえてませんが、どっちかの派閥につくと、「ヒラハもこっちかよー」と、私に言うでもなく、彼のまわりの友達らに言ってて。

こっちはぼっち派、もっと調子に乗った言いかたをすれば、「孤高の哲人」を気どってんだ。それまでひとつも口きいたことがないカクなんてやつにそんなことを言われりゃあ。そりゃあブチ切れて、即座に逆の派に移りますわな。哲人のする所業じゃない。のちに、談志家元のこんな言葉を知る。国会議員時代、自民党に入ったのに政務次官辞任で抜けてから、共産党から選挙出てやろうかといってみたりして、「俺はイデオロギーより感情で動くんだ」。自分もまさにそうだったと、ふかい共感をおぼえましたね。

カクくんと、おなじ読みをする名字の子もいて、こっちは優しい性格のひとで。同じ同級生に漫画家の横山太一くん、サッカー選手の田中謙吾くんがいるが、横山くんも田中くんもとってもいいひとだった。このふたりは純粋に応援してるが、カク・ケントがテレビに出るとサッと消しますね。もっとも、テレビで見るのは落語・演芸番組やアニメくらいだから、あんまり観ないで助かってる。でもたまにＣＭとか目にしたりして、ああ、あいつだ、とおもってるうちにつぎのＣＭになっちゃうから困ったもんだ。

休み時間にはもちろん、机に突っ伏してねておりました。授業中もねていたが。ねながら死にたいしにたいとおもっていた。

おきていた授業のなかに。中学一年の国語の授業で、川南英隆先生のときは起きていた。面白い授業なら起きてる。俳句の授業で、先生ご自身も作句をなさっていることをお話しされ、「満員の電車にネクタイ移動中」という句はとってもユーモラスで面白くって、いまも印象に残っている。その先生に、授業の課題で書いた作文を褒めてもらったことが、今でも嬉しい記憶として胸に刻んでおります。そのときは中学一年生。高校三年生のときには、歌人として活躍されている染野太朗先生の小論文の授業で、「面白い、エッセイとしてだが……」ってコメントをいただいたのもおぼえている。先生に褒められた記憶ばっかり書いてるな。怒られたり注意されたりしたことはどうなんだ。そんなもの、忘れてるに決まってるじゃないか。おぼえてるのはいい記憶ばっかりだ。即ち、都合のいい記憶ばっかりだ。

ひるやすみには図書館に行って。筒井康隆全集があった。中学校の入学祝いに、この全集を買ってもらっていたから、家で読めてなかったぶんをよんでいた。筒井康隆の実験小説の、マネゴトみたいなものを書いた時期もあったけれど、マネゴトすらうまくできなかった。

吉田健一はうちの中高の先輩で。だからか、集英社版の著作集が揃っていて。これも高校に入ってからは手にとった。神保町で買った古本、高橋義孝『蝶ネクタイとオムレツ』、丸谷才一『雁のたより』なんかを持ってくることもありましたが。その神保町の小宮山書店の古書目録を眺めると、たいてい串田孫一が巻頭エッセイを書いていた。カトリックの学校だから年一回、「追悼ミサ」があった。ふだんは月一回くらい、学校内の聖堂にあるミサに出させられるが、そのときだけは講堂で、儀式のなかで亡くなられた同窓生の名前をみんな読み上げるってのがあるのですよ。いろんな名前がならぶなかに、フッーに「串田孫一さん」って名前が読み上げられてビックリした思い出がある。ついでに『わたし、男子校出身です。』の椿姫彩奈、『「男の娘」たち』の川本直も同窓の先輩だ。談志家元と仲の良かった、勘九郎の十八代目中村勘三郎も同窓。

書いていて思い出した。読書好きの友人、というほどでもないが、座席が近かったときに仲良く話せた人はいた。永本くんというひとで、やっぱり親は医者。それも杏森大学の教授という話だった。「西尾維新、清流院流水のなら、どれよんでもおもしろい」、「西尾維新の『戯言シリーズ』はすごい」という彼の言葉は、まさにそうだったと膝をうつのはこれから五、六年後になる。いまおもえば、「表紙がアニメ絵だから、どうせこどもだましのライトノベルだろう」とバカにしてないで、いちどは読んでみるべきだった。後悔してもはじまりませんが、後悔はあとからしかできないものだ。いまはネットで検索すると、父親と同じ大学でやっぱり医者になっている。わたしのようなやくざ医者でない。永本くんなら立派な医者になってるだろうとおもう。

部活動には、「鉄道研究部」に入っていた。JRの路線もろくにしらないくせに。国語の益子先生も授業中の雑談が面白い先生で、鉄道研究部の顧問でした。「休みの日にね、二時間も三時間も、山だの川だのめぐって、一本の電車を撮るためだけに待つの。ただ待つんだよ」という言葉に、ふしぎなロマンのようなものをかんじたからだった。

テッケンのくせに、鉄道、鉄道模型に関する知識はなんにもない。こんなやつは、まあ、浮きますわな。同期の大寺くんに部長はまかせて、私は「黒幕」と称していた。英語でいうとブラック・カーテン。腹黒な私にちょうどいいとおもった。

黒幕の私でも、後輩はかわいいものでありまして。ひとつ下の大沢くんは、なにかとつっかかってくるし、もうひとつ下の松山周一くんにくどくからんだりして、ヤなやつだったと言える。大沢くんは本日大学医学部に入って、私とおなじ精神科に入局したようだ。くわしくは知らないし知りたくもない。

松山周一くんは、当時からオタク気質のやつだったが、『「聖地巡礼」を誘発する場所の表象とその特性―『ラブライブ!・サンシャイン!!』を事例に―』という研究などで、地理の学会、その方面ではみとめられているらしい。大したもんだとおもう。私が黒幕に徹して、部長の大寺くんが専横してきめるので後輩から反感を買っていた時期、「日原さんが部長ならよかったんですよ」と言ってくれた、ありがたい言葉をおぼえている。

その年、二〇〇六年か、私が高二で最高学年だったとき。新入部員の中学一年生が、八人くらい入った。いつもはひとりふたりのところ、一気に八人だからモノスゴイことだ。中高一貫の暁星学園、中学生と高校生いっしょの部活で。高校二年は「五年」なんて言いかたもしてました。

八人も一年生がいればとうぜん、美少年も三人くらいはいる。そのなかに、神矢くんという子がいた。クリクリとした目で細面、透き通るような白い肌で。鉄道好きなの？と話しかけると、「そうですねー、きらいじゃないですねー」と、めちゃボンヤリした返事がかえってきた。私はひとめ見て好きになった。言い直す、大好きになりました。

当時自分は、ロリータコンプレックス・少女趣味があるとおもっていたのだが。少女のエロマンガを買ったら、まちがえて少年同士のほうで。女の子より男の子のほうが好きなことに気づいたのですね。

その神矢くんの登場で。それまでサボりまくっていた私は、ほとんど皆勤に近くなりました。鉄道より赤江瀑の研究がしたいからなどと述べ、高一のときには退部をこころみていた私は、部員数が減ると部費も減るからと止められて。じゃあサボるよと、堂々とサボりまくっていたのに。

鉄道研究部が文化祭で、写真や模型を展示発表するなかで、写真課や模型課があって。基本的に全員、部活中に模型はつくるし、合宿で写真はとるけど。どんな模型をつくるか決めるのは模型課長、どの写真を発表するかえらぶのは写真課長だ。

私も、ふたりしかいない最高学年のひとりだから、いくら「黒幕」だとはいえ、なにかの課長職にはつかねばイケナイ。鉄道写真が好きな人は写真課長、模型が好きなひとは模型課長をめざすけど、僕はもちろんどっちも好きじゃない。

もうひとつ課があった、「企画課」、その企画課長になりました。教室の黒板に貼る、壁新聞をつくる係。

こういうことがやりたかったんだと、私はとってもうれしくなって。ますます部活の日をたのしみにしてました。多くの一年生のなかで、神矢くんを勝手に、企画課長補佐に任命して。「鉄道研究部の研究」やら、スイカとパスモのデザインについてなんか書いた思い出があります。

壁新聞の企画案、下書きを見せたとき、「いいじゃないですかー」と、神矢くん特有の、まのびして聞いてるんだか聞いてないんだかわかんないような返事をされた気がする。それがまた可愛いんだ。

よく覚えてないのは当然だ、セーヨクさかんな高校二年生が、美少年を目の前にして、集中して文章が書けるものか。いまの私はむしろ、目の前に美少年の、人形のコウキくんに居てもらって、テンション上げてないと文字打っちゃいらんないのですが。

神矢くんの入部が四月。その二〇〇六年の秋、十月の文化祭が終わったら、私たち高二は引退です。

八月には夏合宿。益子先生の言ったとおり、二時間も三時間も、山だの川だのをめぐって、一本の電車を撮るためだけにただただ暑いなか、撮影にふさわしい綺麗な風景のポイントで待って、鉄道写真を撮り終えたあとだ。

泊まる旅館には大浴場、温泉がある。一緒に入ろうと声をかけた。

「いいですよー、いっしょに入りましょー」

自分から約束もちかけたのに。いざ二人で脱衣所に行って、上下ぬいでハダカになると、みょうに気恥ずかしくなった。神矢くんはいつものとおり、クリクリした目玉で僕を見て。ふたり手をとって、浴槽に入り。ひとのいない大浴場。湯船につかりながら、神矢くんとだきあって、キスをして。そんな妄想をしながら、最後の合宿は終わりました。

神矢くんとつくった紙新聞は、仲間内では、それなりの受けはした。文化祭なんて内輪受けの行事だ。そのていどのものはできてた気がする。

僕も大学に行ってだんだん疎遠になって。文化祭の鉄研の展示会場で、何度か顔を合わして話して。その後、結婚したという話を聞いた。SNSで知って、招待状もとどいたけどちょうど外せない当直勤務。そのぶん祝儀ははずんだつもりで。つもりなだけだ、たいした額じゃあないんである。

死にたいと思うのは、つらいと思うときが多かったけれど。幸せでこのまま死にたいと、はじめて思わせてくれたのが彼だった。ごめんね、好き勝手にいろいろ書いて。

コロナ禍がだんだんおちついてきて。二〇二二年秋、まあ二週間前くらいですわな。ひさしぶりに母校、暁星の文化祭がリアルで開催された。入場チケット制で、久方ぶりに鉄道研究部の展示がある教室に顔をだして。とうぜんのことだけど、知った顔はひとりもいなかった。けれども、みおぼえのある表情を見せているひとは何人かいた。ああ死にたい死にたいと、胸の内にあるひとの顔だ。中高はみんな死にたい時期だ。けれど、どうか実行はしないでくれよ、少しでも君たちのつらさがやわらいだら、よいのだけれど。そう思いながら、模型のなかを走る列車を見ていた。

第三章　初期研修医も死にたいのだ

文化祭が終わって、高校二年の秋。

みんなそろそろ、受験に本腰を入れだすころだけれど。私は、夏休みの宿題の作文が、入賞をしたというので有頂天になっていた。「あらゆる感情は正当である」という、平岡正明の『ジャズ宣言』の文章も引用した『感情についてあれこれ』という作文は、もちろんタイトルのやる気なさどおり、入選なんて狙って書いたものでなかった。だからこそうれしかった。いま読み返すと、当時とまったく文章のレベルが変わってないのでおどろきますね。

大学受験。いやな塾にもかよって、果たして三回行っただけでやめた塾もある。くりかえしますが、どうせ私は医者の息子だ。医者になりたいと小さいころから言っていた私に、父親は塾をあれこれさがしてくれた。三回でやめた塾は、一回六時間、十七時から二十三時までやってる塾。アノネ、オッサン、ワシャカナワンヨと、当時から伴淳の映画が好きだった私は思っていた。トニー谷やクレージーキャッツの曲も好きだったが、クレージーの映画がちゃんとDVDであるのに対して、トニーの映画がない。「どこにも、ない」。『家庭の事情』シリーズのVHSが、『日本の映画おもしろ文庫』から出てるらしかったけれど、当時からぜんぜん見つからなかった。いまももちろん、ヤフオクで出品されればすぐ高騰する。

自分は浪人するつもり満々だったが、うまく聖教大学医学部にすべりこめた。父親が内科の医者で、わるくなさそうだったから、自分も「将来の夢」を書かされるとき、幼稚園のときから「いしゃ」と書いていた。医者と書く人は僕以外ほとんどいなかったから、競争率もすくないし、簡単になれるのだろうとおもったら、ぜんぜん違くてビックリした。こんなに医学部の倍率が高いと私が知るのは、どうして「高校になってから」なのか。テメエコノヤロウと思った。きみたちは幼稚園のころ、宇宙飛行士とか野球選手とか書いてたんじゃなかったのか。とりあえずうちの父親に、自分も医者なんだから、受験大変だよって教えてくれと言いたい。「地道に」が口癖の、うちの父すら二浪してるのだ。やくざな私が向いてるわけないじゃないか。

ただし。医者になりたい理由はもうひとつあった。幼稚園のころとかは、ドラえもんやクレヨンしんちゃんとか、マンガばかりよんでいたが。はじめて文章の、文庫の本に触れたのは、小学三年生のとき。昆虫が好きだった私に、父親が『どくとるマンボウ昆虫記』を、机の上にポンと置いてくれていた。

果たしておもしろくて、そこから北杜夫や星新一を読むようになる。北杜夫は精神科の医者だと、『航海記』、『青春記』をよんだあたりで知って、なおさら医者もいいなと思った。そうする間にいつのまにか高校になって、こんなに医学部の倍率が高いと知って。それまでにだれか教えてくれよとマジでおもった。実際に医学部に入って医者になってみて、こんな大変なの教えてくれよともっとおもった。

情熱があって、ひとの大切な命を一生懸命救いたくて、という熱烈な気持ちがあって入った医学部じゃないから。留年は二回した。医学部の勉強のたいへんさやらで。その過程で摂食障害、うつ病になって、初めて精神科に行ったのが二〇一一年の三月十一日。あの東日本震災の日の、午後四時ごろだ。つまり揺れた一時間後くらい。世間がメチャメチャになってるなか、自転車で上野のクリニックに行った。診断名も告げられず、デパケンやらマイスリーやらをもらった。気分安定薬と、眠剤。そうしてそのデパケンのむと、まったくの「無」な感情になって、なんにもする気もおきない。一、二度いってそこはすぐやめた。そのあと、近所のクリニックにも行った。出たのはやっぱり、デパスとマイスリー。抗不安薬と睡眠薬。あと抗うつ薬のフルボキサミン。マイスリーをのむとまあ気分はよくなる、いわゆる脱抑制効果があるから、その後も継続して貰ったが、実際に精神科をこころざすのはもっとあと。二、三年後くらい、医学部五年で精神科実習にまわってからだ。そのあと、六年の実習で溝口病院精神科にお世話になり、いよいよここに入りたいとおもいを強くした。

でも、卒業試験、国家試験をくぐり抜けても、待っているのは初期臨床研修医制度だ。二年間は、興味がない科もまわらなければならない。当直で寝れないときいていた。ロングスリーパーな私は、睡眠時間が確保できないのはめちゃめちゃにつらい。ただ、実習のとき四月の歓迎会にもださせてもらって。となりに座った上の先生、いまはご開業されている皆本先生に、「だいじょうぶ、ねれるねれる」と聞いた。実家の東京、本郷から、半蔵門線・田園都市線で、多摩川をわたる。その多摩川のかがやきをみるたび、あそこの精神科に将来、つとめられるようになりたいとおもったものだった。

その多摩川のかがやきが、死にたさの輝きになる日が来るなんて知らなかった。

実際に、聖教溝口病院に初期研修医として入ったら。まあ寝れはするものの、やっぱりたいへんはたいへんだった。あちこち興味ない科を、ひと月くらいの単位でまわって。

それでも、最初にまわった脳外科も、命にかかわる科だからピリピリした雰囲気の先生が多いイメージだったが。科長の浜田教授も、認知症の権威の中井教授も、指導医の飛田先生も優しいひとだった。気さくにあれこれ教えてくれた。

そのあと麻酔科。そのあと内科で、いよいよ本格的に「初期研修」ってかんじになる。さいしょに下についた、三田呂先生は、院内PHSで連絡をすると、いつもフキゲンそうで、舌打ちをしてから切られた。コミュ障日原さん、もともとキライだった「電話をかける」という行為が、これでますます苦手になった。

そのつぎにまわった、糖尿病内科。高木先生は、上の指導医の先生にこんなことを申し上げるのはたいへん失礼にあたるかもしれないが、やさしいお母さんといったような雰囲気の素敵な先生だった。だいたい外来か、医局にいらっしゃるから、PHSをかける必要もほとんどなくて。やむを得ず電話をかけなければならないときも、いつもやさしく対応くださった。

ただ、それでも当直はからだにきつかった。月何回か。朝から病院でふつうに働いて、夜は救急外来に待機して、来た患者さんを診察するのを見学したり、検査や手技を手伝ったりする。翌日はまた勤務になるというわけですよ。

精神科に入ってからは、週一回はかならず、へたすると週四、五回は当直してた時期もあったから、慣れっておそろしいもんだ。精神科で、緊急の外来はない病棟番の当直だからできた、って面もある。興味ある分野なら、やる気がない日もそれなりにこなせる。興味がまったくない分野の病気のひとが来ても、夜ねてるとこ起こされて行かなきゃいけない初期研修医の救急当直は本当につらいのです。

溝口病院の当直室から、駅の線路が見える。聖教大学溝口病院は、駅のすぐとなりにあるから、ガタンガタンと通る列車が見える。ガタンガタンと、死にたさが鳴る。高校時代に読んだ、永山則夫の『木橋』の一節が胸をよぎる。「悲しみが降る――」。そんな雰囲気で、死にたさが鳴っている音を聴きながら、病院で当直の夜をすごしていた。

ただ、その日だけは待ち望んでいた。上川くんといっしょの当直だったから。当直が楽しみなんて、初期研修医二年目になる自分にとって、いまだかつてないことでした。

初期研修医の当直は、二十二時まで救急外来で待機して興味ない病気の患者さんに、上の先生に指示、あえて命令といおう、命令されてアレコレやる。溝口病院の先生がたは優しい先生が多かったが、それでも、疲れた時に上から言われることは命令ととれる。

夜十時になったら、いったん研修医室に戻っていいことになってはいるが。患者さんが来たら呼ばれる。下手すると午前二時、三時に起こされるから困ってしまうが。そんな当直の日も、研修医一年生の上川くんが一緒だと思うとウキウキになった。

上川くんは。僕より歳もひとつ下の、可愛い後輩である。いわゆる塩顔イケメンというやつだ。入ったときから、また、ひとめ惚れ。いつもなんとなく目が行ってしまった。ちょうど最初に配属された内科で一緒になって、すぐ上の先輩である僕は、ちょくちょく彼からものを尋ねられて、そのたびに丁寧にお礼を言われ、嬉しい心地になったものだった。ほんの三日前、僕は次の科へ移ったばかりだが。

その日は彼と、一緒に泊まり。いくら仕事とはいえ、ちょっとした合宿気分だったのです。

夕方五時。救急外来で、その日の当直の先生がたが集まるミーティングがある。点呼をとって「よろしく」というだけで、病棟が忙しかったり、手術中で来られない先生もいるものの。研修医はここで、管理当直の先生から当直報告用紙を貰うため、なるべく出席せねばならぬのだ。けれど、上川くんの姿がない。

あれ、と思う。用事か何かで、当直を別の日に振り替えたのか。自分も以前、そうしたことはあるが。今日は楽しみにしてきたのに……。

だいぶモチベーションが下がっていると、僕の院内ＰＨＳが鳴った。上川くんからだ。

「日原先生、すいません。僕、今日の当直なんですが、病棟の点滴が難しくて……」

「ああ、なんだ。じゃ、当直の用紙は僕が代わりに貰っとくよ。後でそっち向かうし」

「ああ、ありがとうございます」

可愛い彼が困ってんだ、すぐ行かなきゃだ。管理当直の先生に事情を説明し、用紙を二人分貰って、十一階の十三号室に。部屋に入るなり、ベッドのおじいちゃんから声がかかった。

「先生、もういいよ。痛えし、無理だからさ」

こっちを覗き込んで、拝むようにしてる。その横の上川くんは、困った顔をしている。

「うーん、どうかねえ」

俺もとりあえず困り顔をした。ベッドに寝ているおじいちゃんは、腕のあちこち血止めテープだらけだ。上川くんが顔の汗をぬぐう。

「先生、すいません。なんかもう、このひと毎日点滴抜き差ししてて、血管がもう……」

ツン、と鼻につくにおいがする。それが上川くんのものだと思うと、ちょっとニヤリとしてしまうが。今はそれどころでない。

「毎日だと、点滴さす場所なくなるよねえ」

僕は笑いながらうなずく。患者さんの腕を見る。なるほど、細い血管ばかりで、これは難しそうだ。「ねえ、もう一回、やらせてくんないかなあ。主治医の先生がちゃんと考えてる点滴だから、入れなきゃいけないんですよ」

「いや先生、もういいじゃないですか。もう」

おじいちゃんはカタクナだ。点滴の内容を確認すると、なに、フツーの補液。水である。

「明日の採血見て、主治医の先生は点滴やめるとかいってるんですけどねー」

見かねた看護師さんも言う。ならまあ、いいか。僕もすみやかに方針転換をする。

「じゃまあ、いったん、やめましょうか。ね。いったん一休みしてさ、またちょっと後で来るから、点滴したい気分になったら教えてね」

「ならねえと思うけどなあ」

「まあいいよ、またね」

ニコニコ笑顔を作って手を振って、病室を出る。後ろから上川くんがついてくる。

「いや、先生すいません。あの人なかなか……」

「ね、むずそうだったよねー。本人もいやがってたし、まあ、また後で来ようか」

「そうっすね……。先生には、またお世話になっちゃって、ありがとうございます」

と、頭をかく上川くんの顔を見る。凜々しい顔が汗で濡れている。懐かしいな、と思う。


つい三日前までは、内科研修で一緒に点滴ルートの確保をしてたんである。基本的に病棟の点滴は、研修一年目の彼の役目だが。高齢者で血管がモロかったり、太ってて血管が行方不明な難しい患者さんのときには、二年目の僕が応援に呼ばれて。もちろんすぐに駆けつけた。可愛い子に頼みごとをされるのは嬉しいもんなのだ。

エレベーターホールでエレベーターを待つ。ここのエレベーターは、なかなか来ない。

「上川くんは優秀だったからさ、一緒に内科まわってて、楽しかったよ」

「いやいやそんな……。先生がいなくなっちゃって、心細いっすよ」

有難いことを言ってくれるもんだ。「まあまた、なんかあったら呼んでよ」と思わず上川くんの肩を抱きしめる。向こうも抱き返してくる。チュッとキスされて、「日原先生の、カタイっすね」とか言われたりして。ズボンの上からおたがいのものを撫でさすりながら、上川くんはなまめかしい笑みを浮かべるのだ。アノネ、オッサン、妄想もてえげえにしろと死にたさの虫が言う。お前日本語しゃべれたのかとビックリする。

当直の日も、気に入った後輩の先生といっしょだと、そんなたのしいこともありまして。内科でツマラナイ、ぜんぜん興味のない疾患の患者さんの病棟をまわっているさなかでも、「自分の患者」となるとやはり、愛着はわいてきたりする。けれども、ただの上級医の下働きとして、あちこち顔も知らない患者さんのところをまわっているときは、つらさが増してくる。廊下を歩くコツ、コツ、コツ、コツという自分の靴音に合わせて、死にたさの虫が湧いて出る。私自身の影から顔を出す死にたさの虫が鳴く。死にたさの粒を吐いて、心臓をしめつける。

そんなとき。精神科の諸星先生が、廊下を足早にとおりかかり。コミュ障の私だ、とうぜん会釈だか、下を向いたんだかわからないような恰好で、自分も足を速めると。

「やあ、先生！　精神科はいつ来るの？　はやく来てよ」

そう笑顔で言って、手を振って去って行かれた。

興味がない科の上級医のドレイとして働かされている身にとって、それがどれだけ救いだったことか。

もちろん、溝口病院の先生がたは優しいから、ほかのところの初期研修医とくらべたら、らくにすごせたほうなのだろうが。それでも一ヶ月単位で、つぎからつぎへと環境が変わり、やることも、上の先生もかわる状況は、困ったなあというところであった。それに、どこだって、ひとりくらいは合わない先生はいる。内科だったら、先述の三田呂先生。志望の科を訊かれて。親は内科だけど、精神科をめざしていると話した私に。

「興味があるものと、仕事はわけたほうがいいんじゃないの」

と、吐き捨てるように言った。三田呂先生は、父親が循環器内科の権威の学者で。溝口病院の村川先生の師匠にあたる先生だ。「三田呂基金」なんてものまである。自分も循環器内科を、選択せざるを得なかったから、そうしたことをおっしゃったのではないかと当時からおもっていた。

実際に、興味のある科に入ってみて。もちろん仕事だから、つらい日もある。行きたくない日もある。生きたくない日もある。それでも、なんとか重たい体をもちあげて仕事に向かえるのは、興味ある分野だからだ。これが興味ない分野のことだったら、たまらなくつらいだろうとおもう。

ウラミゴトをどんどん書き連ねます。外科にいた、まだ若い、医者になってからもまだ三、四年目の牛田先生。もともとヤな先生だとおもっていた。できるだけ近づかないようにしようとおもっていた。けれど、救急当直。せまい救急外来のなかで、その日はちょうど実習の学生さんもいて、管理当直の高橋先生も救急外来にはりついていた。高橋先生もウルサイ先生だから、スッと逃げ出すことができなくて。牛田先生、ふたつの心電図をみくらべてみて、ふいに私に言う。

「これ。どんな異常があると思う」

「その、前の心電図と比べてみて……」

と、言いかけただけで、「はあ?」とくさい息を吐いた。

「まずはそうじゃないよ。この心電図の異常を言って、って言ってるの」

ちょっと待ってくださいよ先生と、言える相手なら言っただろう。いまの私なら、テメエコノヤロウ、自分でふたつ見比べておいて、こっちにそれをするなってのはどういう了見だ。当時もそんなことを心中で言いながら、もちろん「すいません、そうですよね、ごめんなさい」とあやまったけど、まだまだ牛田先生のイヤミはつづくんだ。
「ほかの病院の研修医は、もっと勉強してるよ。ほかの研修医にどんどん、追い抜かれてるよ」

追い抜かせてやろうじゃないの。こっちは研修医でいちばんデキルやつになろう、出世をしてやろうなんて、そんな恥ずかしい了見は微塵も持っちゃいないんだ。興味がない心電図なんか、たとえちゃんと見てわからなくたって、わからねえよバカヤロウと、相手がもう溝口病院にもいないしかかわる機会もなかろうから好き勝手言える。

ただ、溝口病院精神科には、そんな先生はひとりもいなかった。忖度でもなんでもない、ほんとうにいやな先生はひとりもいなかった。「初期研修医」としても、精神科をまわったとき。

医局長の辺先生は、J-DESの御研究をされていて、多重人格の興味深い症例もみせてくれた。いまの私ならためらうだろう。そんなむずかしい症例、他人が一緒にいる環境では診療に支障が出るだろうから。なるたけひとりで診察するだろう。まわってきたときのあいさつで、「研修医の日原と申しますが……」というと、「知ってるよ」と笑ってくれた。諸星先生は「あのとき六年生かあー、もう研修医なんだと思ってたよ、いつ精神科にきてくれるかなって」と明るく話してくれた。張賢徳先生は、折りにふれ食事に連れて行ってくれ、午前中の外来が長引いた日は、「いっしょに食事にとおもったんだけど、こんな時間になっちゃったから。これ、半分こしよう」って、大きなお饅頭を半分に割って、本当はおひとりでたべるためのはずのものを分けてくれた。

その半分のお饅頭をもらえたとき、どれだけ私がうれしかったか。

こう書いていても涙がでてくる。ぼろぼろでてくる。正直、自分でもびっくりするぐらい涙がこぼれて困っている。

研修医室に持って帰って、ほんとうは永久保存したいところだけど、ナマモノだからそうはいかない。ちょうど研修医室にいた連中に見せびらかして、ありがたく頂戴した。

そうしているうち、どうにかこうにか二年が過ぎて。初期臨床研修修了、と相成った。

第四章　卒業試験の日に死んだ祖母

またすこし時を戻す。カットバックだ。医学部の卒業試験の際にも、ひと騒動あったことを、書くか書かないか迷って……。書かないほうにいったん舵を切ったが、優柔不断な日原さんのことだ。やっぱり書くことに致します。

医学部の卒業試験は二回ある。医学部六年の、六月と十一月。

一回目の卒業試験のとき。私は、まともに「受験生」をやろうとした。即ち。医学部の学生部長の大木教授のいうとおり、「国家試験にそなえて、朝は早く起きる習慣をつけ、夜はきちんとした時間にねるようにした」。

ところが夜型の私だ。昼間はねむいしやる気もないし集中力がまるでない。二十二時近くなってから、どうにかエンジンがかかりはじめる。

なのに、一回目の卒業試験前は、大木教授のいうことをばかまじめに聞いて、夜も早めに寝ていました。せっかくエンジンがかかりはじめたのに。

大木教授の言うことは、一般論だ。私みたいな外れ者にあてはまるわけがないのだと、七月に一回目の卒業試験結果を受けとってからも、しばらく気づけずにいた。

八月半ばくらいからか。昼間はやる気ない状態なんだと諦めをつけ、十一時過ぎに起き、音楽とかラジオかけながらだらだら勉強し、深夜から朝方四時ごろまで、やっとそこそこの量をやる。だから二回めの試験中は連日徹夜に近くって、ぼうっとしたなかで問題を解きましたが、一回目の試験よりずっとマシな成績でした。朝型スタイルは合わない、と、自分がほかのひとたちと同じ生きかたはできないのだと、早めに気づくべきでした。

二回目の試験結果が、わりと成績よくても。卒業の判断は、一回目と二回目の総合でくだされる。一回目、あまりにできなくて、卒業決定にはいたらなかった。

けれど「お上には慈悲がある」。総合の成績で、まあまあな部類に入る者は、十二月に三日間の勉強合宿をうけたうえで、年明け「三回目の卒業試験」がうけられる。

三日間、八王子にある大学の合宿所で、講義をうけ勉強する合宿。この合宿も、はじまるまえは嫌だったが、のらくら過ごせば過ぎてしまいました。いままで、顔は知っていたけれど、基本がぼっちモードの私。話したことはなかった相手とも、これを縁に話すようになった。おせーよ。大学六年最終学年、二年留年してるから八年目の十二月になって、まさかあたらしい友人ができるとはおもわなかった。

その、二〇一五年の秋。祖母が死んだ。二回目の卒業試験の日だった。

同じ年の春、芝のとうふ屋「うかい」で、母方祖父母と久しぶりに会った。この祖父母は金持ちなのだ。以前は、近くのマンションに住んでいたのに。私が中学のころくらいか。祖母が持病のリウマチで家事ができないからと、熱海の老人ホームに引っ込んでしまった。

それまでは、折々のタイミングで会えていたが。熱海に引っ越してからは、年に二回ほど。春休みや夏休みなど、大きな休みのときに、一緒に食事をするくらい。

でも、優しい祖母だった。貝ガラをつかって、雛人形やら飾り物やら、いろんなものをつくっていた。いまもそれは家にある。私が医学部を二回ほど、精神科にまでであえてなかった時期に留年したときも、やさしく出迎えてくれた。

ちょうど、私が二回目の卒業試験に向けて勉強に本腰をいれだした、八月すぎくらいから。母が頻繁に、祖母のところにいくようになった。十月ごろからは、毎日。私は気づくべきだった。母の寝床のそばに、癌患者を見送るケアについての本があったのに。

普通の癌なら、現代医学、治る病気だ。治らないにしても、一年や二年、五年十年の猶予がある病気だ。立川談志は「癌も悪くねぇよ。未練の整理が出来るからな」と言った。未練の整理ができる時間もくれる。

膵臓癌はちがう。一年生存率、二年生存率、ほとんどゼロに近くなってくる病気だ。その膵臓癌だったそうだ。「卒業試験が終わるまでは、雄一くんには知らせないで」と言われていたらしい。妹は早くに知らされていたようだった。けれど、その妹とは僕が高校のころ、フトしたことから喧嘩して以来、口をあんまりきいてない。妹が大学に入ると家をでたから、さいきんはぷっつり話してなかった。

二回目の卒業試験、三日間がおわって。母からメールで知らされて。ほとんど寝てないまま、熱海に向かいながら泣きつづけていた。病院についたら、何階のここの病室、としらされていたのに、私はその前をとおりすぎた。病室の窓から、かすかに中の様子が見えた。そこで寝ていたのが、あのお洒落な祖母に見えなかったから。

一時間ばかりしたのは、思い出ばなし。あそこにいったね、あそこは楽しかったねと。それしか話すことはないと思っていたんだ。祖母は何度も、「雄一くんはひとのこころがわかる医者になれるよ」と言ってくれた。

私はまるでまちがっていた。「ひとのこころがわかる医者になれるよ」と言ってくれる祖母には、そうなるよ、こういう医者をめざしてるんだよと、具体的に未来を話すべきだったのだ。

この話をすると、いつも涙がでる。いまも涙びちょびちょで書いております。いまもむかしも、ひとのこころなんて、ぜんぜんわかっちゃいないんだ。

その日までは、モルヒネはつかわずに。ひととおり終わったあと、痛みの緩和医療のひとつであるモルヒネ使用がはじまって。その日おそく、日付が変わって少ししたころ、祖母は死んだ。

そこからお葬式、四十九日のあと。三回目の卒業試験で、どうにか卒業が決定して。精神科医になって年々、ひとのこころがどんどんわからなくなる。

祖母の死の直後、舞台のチケットがとってあった。卒業試験も一段落したし、と、たのしみにしていた舞台だった。中島らも脚本、松尾貴史主演、G2演出の『ベイビーさん』、柳家喬太郎や入船亭扇辰のでる企画ものの落語会『鰍沢　零・壱・弐』。どちらももちろん、行けなかった。

当時『ローリングヘッズ叢書』に書いた文章が、これだ。特集は『酒と食のパラダイス！』。

墓標の前でおいしくゴハンが喰えるか

今日も元気だビールがうまい。と、安保法案・第吟条にある。だから安保は反対だ。何書いてんだか自分でもわかんないけど、ちょっと今の僕、混乱してまして。

反対に言うと「病気で酒まずく明日がない」か。元気がなければなんでもまずい、というわけではもちろんない。私の先日亡くなった祖母は膵臓の癌で。腸管にも浸潤してったらしく、最後の最後には、ほとんどなんにも食べれなくて。それでも、小さく割った氷をちょいちょい欲しがった。全身の痛みで寝返りすらできず、ほんっとうにか細い声しか出せなかったけど、自分の娘であるうちの母に氷を口元まで運んでもらうと、ほっとした表情でコロコロ頬張っていた。

たった半年前である。一緒に、なんだかよくわかんないけどえらく凝ったコースの豆腐料理を食べたのは。そのころはまだ普通に歩いてたし、言葉も勿論はっきりしていたし、普段どおり談笑して、いつものいつものおばあちゃんであって、癌だなんて誰も思ってなかった。

なんでのっけからこんな話してんだ私は。要するに僕の言いたいのは、ひとはいつまでもビールがうまいとは限らないってことです。当たり前か。いいじゃないっすか、いつものゆるい漫文よりマシじゃないすか。同意されても困るのは措いて。日ごろ不謹慎なこと書いてるから身内のこともそうしなきゃなんですが、この程度で勘弁してください。

おばあちゃんは料理好きでしたけど、その祖母が最後に食べてたのが氷だったってとこ、何かの諺つくれそうですが多分もうあるな。景山民夫は最期の晩餐に、せいろ蕎麦か、寿司のこはだ、新子を一貫だけがいいと言う。「最後だからといってあまりガツガツ食べるのはどうもあまりみっともよくない」と書いている。うちのおばあちゃんは、あまりみっともわるくはなかった気はする。

まあ、当然、逆へ行くこともあり。やはり先ごろ亡くなった、橘家圓蔵師匠。落語の枕でこんなことを言っていた。「グルメな人なんてのがいますね。もういろんなものの喰っちゃったなッ、なんか他人の喰わねえもの喰ってみてえなッ、刺身ィきな粉つけてジャムで炒めてみようかしらなんて、保健所の許可しねえようなもの平気で喰っちゃったりして」。で、食中毒やショック死ンなったりして。魯山人か。

藤栄道彦『最後のレストラン』には、ヒトラーやらクレオパトラやら、死の直前の偉人が現れるけど。みんなややこしい注文をして、それぞれ違った料理で満足してく。そりゃあ「十人十色」。これも圓蔵師、お得意のフレーズだった。

最後だからとガッガツ食べるのは、古典落語の「黄金餅」。死の近い病人が、買ってきて貰ったあんころもちに、貯めきった大金包み、必死の形相で矢継ぎ早に飲み込んでく。そんなんで果たしてうまいのかと思うが。この後、ノドに餅つまらせて死んじゃうわけだから、おいしくなきゃあ浮かばれないけど。うう、今回、うっかりするときつめの話にばかり行ってよくないね。楽しい話をいたしましょう。神木隆之介の話をしよう。

クドカンドラマ『11人もいる!』、本当に面白かったわけですが、大家族で、みんなのために朝食つくる長男の神木くんに目がギュウウウッといきまして。食べてきたからいらない、っていう田辺誠一のダメお父さんに、「朝はみんなで食うだろそれが家族だろ⁉」って詰め寄る神木くんの声が本当に凜々しくて、一生懸命な感じがたまらなく可愛くて。いつも朝は抜く派だけど、神木くんのつくった朝食は絶対たべたいですよねーっていうか神木くんと朝食つくりたいですよねー。木村イマの『コーヒー男子にシロップ』は、先輩のために彼好みのコーヒーを淹れようとする素敵なBLで、ああいうことしたいしされたいところだ。こないだの『サムライ先生』、メイド女装な神木さんももちろん素敵でしたが、ふだんの姿のほうがもっと可愛らしいからなー、化粧しなくていいからメイドとして来てくんないかなあそしたら、朝を抜く派から朝に抜く派に即鞍替えするのになっていうか、祖母が亡くなって早々だというのに何を延々と妄想してんだ私は。自分の情緒不安定さに引くわ。

僕も祖母が死んで、食欲はなくなってたけど。おなかは鳴るから収めるためにつまむと、安保法案はこういうときも甘くて。ちげーよ、あんこ玉です。焦燥しきりだな今回。葬式饅頭まだかしらん。

ふだんの私以上に、まとまりなくめちゃくちゃな文章である。ふだんからお前こんなもんだよ、と言われたら一言もないですが。あのころだからこそ、ここまでめちゃくちゃをやれたのかなという気もする。このあと国家試験、初期研修医になってからの日々もつらかったけれど、ここまでぐちゃぐちゃな文章は書けなかった。

第五章　死にたい精神科医・研修医キラキラ篇

ずっと死にたい虫を頭に飼いながら。それでも医学部卒業、医師免許をとって初期研修も終えられたのは。精神科の医者になりたいという思いと、『ローリングヘッズ叢書』で、大学二年のあたりから、ずっと漫文を書かせていただいていたからだ。

特選品レビューという投稿欄に応募して、何度か載せてもらってから、長い文章も書かせてもらえることになった。その号、その号の特集に沿うふりをして、好き勝手な漫文を書いて、死にたい気持ちも吐き出せた。ローリングヘッズ叢書の、鈴木孝編集長にはいくら感謝してもしたりないのです。

渋谷にあった、ポスターハリスギャラリー。たしか森馨先生の人形展のトークショーで、鈴木孝編集長もゲストで出て。そのあともギャラリーで作品を観ていらしたとき、コミュ障でひと見知りの日原さん、勇気をふりしぼりにふりしぼって、ご挨拶に声をかけた。鈴木孝編集長、にこやかにやさしくお応えくださった。

「さいきんは寄席、行ってるんですか」

「はい、ええ、ハハハ……」

コミュ障な私、当時たぶん二十すこし過ぎたころ。上の人にはほとんど口がきけなくて、笑ってごまかすという技ばかりつかっていた。

あのね、技でもなんでもない、「ただわらうだけ」なんだから、窮余の一策だったのですが。それでも、好きな人の犬になりたい私だ、無駄なことを言うよりいいだろうとおもっていた。まちがいでした。「人間二人以上居て黙っているのは陰険だ」。これも談志の人生の師匠、田辺茂一の言葉だ。ヨォヨォ、紀伊國屋書店。新宿に行けばいつも行きます。新宿紀伊國屋書店で、土屋賢二を見かけたことがあった。高平哲郎のトークイベントや、楳図かずおのサイン会など、イベントもずいぶん行った。

いちばん通ったのは神保町、三省堂と東京堂書店だが。三省堂書店神保町店で、筒井康隆先生に『筒井康隆断筆祭全記録』にもサインをもらって。「あなた、これ行ったの?」と筒井先生の言葉に、なにしろ神の言葉だ、「ハイ……」とうなずくことしかできなかった。『筒井康隆断筆祭』のおこなわれた一九九四年当時、たぶん私小学一年だ。ピッカピカの一年生が、たぶんそこには行ってない可能性が大きくある。「妄想私小説」とか逃げ道さんざんつくってるくせに、こういうところの細かさなんなんだ。モブ・ノリオのサイン会にも行って、「十五歳⁉」と驚いてもらったこともあった。

坪内祐三のすがたは神保町の東京堂や、東京古書会館でずいぶん見た。東京堂書店・ふくろう店が当時あって、いまはダイソーになっている。ふくろう店もお洒落な店だったのだが、あそこの位置の百円ショップが便利で重宝してしまうんだ。

そのふくろう店に、坪内祐三がえらぶ古本コーナーで、たまたまその場にいらした坪内先生に勇気出してサインをお願いしたことがある。高校三年くらいのころか。こころよく受けてくださった。当時名物店長の、佐野衛さんもとなりにいて、「サイン本コーナーは知ってる?」と訊かれた。もちろんですと答えた。当時、『古くさいぞ私は』はもう店頭に並んでなくて、でもいちばんすきなこの本にサインがほしくてお願いしたのだ。坪内先生の姿はちょくちょく、神保町で観ていたから、いつか、とおもって鞄にずっと持ってたのだ。

その後、東京古書会館での、たぶん『まぼろしの大阪』刊行記念のサイン会で「あの、東京堂書店で……」って声をかけてくださった。坪内祐三先生の東京堂でのトークショーにはずいぶん行ったたし、映画『酒中日記』を観ても、いいひとだったなあと思い出す。いいひとほどすぐ死ぬ。とおもっていたが、どうでもいいひともどんどん死ぬ。新型コロナ禍も年を重ねるにつれ、危険なのかどうかもよくわかんなくなってる世の中だ。というのは、いまだに陽性とでたことがないから言えるんでしょうが。かかったことがあるひとからしたら、やっぱりコロナはコロナだろう。だからとりあえず、ワクチンだけは打っている。

倉阪鬼一郎『活字狂想曲』が座右の書だった。副題は、『怪奇作家の長すぎた会社の日々』。ラストの「私は『バカ』で会社をやめました」の凄さといったら！　校正業務をするなかで、あまりにひどい原稿に、「ちゃんとした原稿を作れないのか、バカ！」と、校正の赤字の脇に、鉛筆で書く。

ちゃんとした原稿が書けない私には、めちゃめちゃ耳の痛い話だけれど、ここで述べたいのはそういう話じゃないんです。

「大事な取引先に向かってバカとは何だ！」という叱責を、会社の上司からうけて。「バカをバカと言って何が悪いんだ、バカ！」と言い返し、「俺を誰だと思ってるんだ！」と怒鳴る。「どうしてろくに漢字も文章も書けないバカにこんなことを言われなきゃならんのか」という考えで、そういう事態になったという。

まさに、とおもった。二〇〇六年、パシフィコ横浜でのSF大会で、倉阪鬼一郎先生のサイン会があった。倉阪先生のコーナーの前がすこしおちついたのをねらって、すごいぞ高校三年の私。大のクラニーファンだった私は、ここぞとばかりにあれこれ何冊も持ち込んでいった。サイン会の前にも、倉阪先生をおみかけし、勇気だして声をおかけして、例の黒猫、ミーコ姫様とも握手させていただいた。

同書などにサインをいただいて、色紙もお願いしてしまった。倉阪先生、サインとともに、こんな句をお添えいただいた。「行列に一人は並ぶ人の面」。

サイン会の行列にも、ひとり異形の者がいる。

自意識過剰な私は、もちろんそれが自分自身のことだとおもったのでありました。

小説を書くには、人間としての幸せは捨てる覚悟でいなければならない。鬼にならなければいけないと、車谷長吉もつねづね書いていた。自分は人間でない、鬼なんだ、漢字も文章もロクに書けないバカに叱られたって屁でもない。

そんなあさはかな特権意識があったからこそ、あさはかな医者業界の初期研修を終えられたのだと、いまもおもっている。「一生けんめい仕事をしても　たいして世の中ァ　よかァならナイ　それ行け今日チ笑わせろ」。立川談志の『笑点音頭』だ。

つらい病気をかかえているひとが目の前にいたら、どうしても、力を尽くしてしまうのが人情だ。そこで、なんにもできない自分に直面するのも現実だ。

何にもできない現実があったら、何かできるように勉強すればいい。それはとうぜんなのだけれど、一生懸命勉強して、からだをこわした自分がいた。

自分なんかが勉強したって、努力したって、大してかわりゃあしない。かわるほどヒドイ行為をしていたら、上級医から注意されるから、そこでまなぶことができる。

研修医時代、あれこれ葛藤して、たどりついたのがそんな結論だった。そんなどうしようもない、浅薄なかんがえでいないと、まったく興味ない疾患の科で業務なんてできなかった。初期研修を終え、精神科に入って、気づいたら何年も経っている。そのなかで、ああの科でこういう勉強をしていてよかったと、気づかされることなんかほとんどない。

まあ、あるといえばそこそこあるけれど、それは精神科に入ってからでもまなべることだった。それよりも、二年の初期臨床研修のなかで、合わない科をまわりつづけて挫折した後輩の初期研修医を、何人も知っている。六年も医学を勉強してきた彼らのなかには、私なんかより優れた人格のひとも、素敵なひともいたのに。そのひとたちをくじけさせてしまったことの、研修医の先輩としての後悔はもちろんあるし、そうさせた根本の元凶である初期臨床研修制度をほんとうににくんでいる。

そんな初期研修を終えて。聖教大学溝口病院精神科の医局に入れていただいて、張賢徳先生のもとでお教えをいただけた三年間。しあわせな三年だった。

溝口病院で、入局した者は。各々、近くの精神科単科の病院に派遣される。非常勤として二日、溝口病院に来て。医局長の辺先生、外来医長の諸星先生からお教えをいただく。辺先生も、諸星先生も、精神科一年目の自分たちに対して。外来の隅で座って精神科の入門の本とか読んでると、「さいしょからそんなにがんばりすぎないでよー」と、笑って声をかけたりしてくれた。

医局から派遣された病院の指導医の、西関先生、杉川先生も、とってもとっても優しかった。とくに、一年目に派遣された清愛病院では、西関先生がいつも帰り、声をかけてくれて。家の近くまで、乗せていってくれた。

毎週月曜日、十九時からの勉強会では、精神療法の本を勉強し。金曜日、十八時からの勉強会では、個々の症例を指導医の先生とともに考え。勤務のあとだ。当直のあとだ。けっこう出るのがつらくもあったが、いまおもうと、本当にありがたかった。忙しい張先生が、毎週、毎週時間を割いてくれて。ああやってもだめ、こうやってもだめ、な症例に、「先生、よくがんばってるねえ」と、あたたかいお言葉をいただいたりして。月曜日の勉強会には、張先生に、指導医の西関先生、広木先生がいて、僕ら精神科一年目、二年目の医者に教えてくださる。金曜勉強会には、やっぱり張先生がいて、指導医の皆本先生、心理の伊豆野先生が。

あんなに学会やら、講演会やらでいそがしいのに、勤務のあとに、張先生毎週すごいなって、部屋をかたづけながら、僕たちは話していた。

僕の同期には、真辺先生がいた。鳥取の真辺病院という大きな精神科病院の院長先生の息子で、お父さんは張先生ともよく旧知の仲だそうだ。もちろん本人も優秀で、溝口病院での初期研修でも、他科のことも熱心に努力し勉強していた。

かたや日原さん。「努力」すると死んじゃうひとだ。うちらの学年は、真辺先生がA面、日原さんがB面だと称して、私はB面だから隠れてていいんだと、サボる言い訳にしたりしていた。

そんな日々のなかで。大きめの会場で、症例発表をやらせていただく機会を、張先生からいただいたとき。発表直前に、廊下に呼ばれて。張先生は、肩に手を置いて、優しく話してくださった。

「スライドはいいものだから、落ちついてね」

私は涙がでるほどうれしかった。その後、自己診断の調査などをさせていただいたり、張先生の編集する『心と社会』に書評をかかせていただいたり、嬉しいお話はいっぱいいただいた。こんなB面の精神科医ミナライに、ありがたいことだった。

抑うつ状態で、自殺をかんがえるとき。「心の視野狭窄」の状態にあると、張先生からおそわった。つらさから死にたい、目の前のつらさでまわりの楽しいこと、だいじなひとが見えなくなって、自殺企図に至ってしまう。

自分もあのころ、例えば医学部六年のころとか、そうだったなあとつくづく思う。と同時に、いま現在もときどきそういうことがあるから困ったもんですね。ただ、ああ、これは心の視野狭窄だと、まなばせていただいたからこそ自覚できる面はある。自殺予防学会理事長である張先生に、いちどでも教えを乞うたことのある者が、自殺したら先生の顔に泥を塗ることになりはしないかという思いも自分を止める。ナニ、ほかにもっと無礼なことはいっぱいやらかしてるのに、それに自覚してないだけです。

いろんな患者さんを、精神科医ミナライ、ミナライ未満の自分が診させていただいた。医者失格の私の外来に、多くの患者さんが通って来てくれた。私の患者さんはみんな優しいんだ。私自身体調よくなくて、どうにか座っていられる状態で外来やってると、「日原先生も、たいへんそうで」と気をつかってくれる。ほんとうにありがたいことだ。そのぶん、そのときそのときのできるかぎりの力で診させていただいていたつもりだけど、どうにもうまくいかないときもあって、ほんとうに申し訳ないのです。

自分が精神科医、ミナライ未満だと知っているから。治療は患者さんとともに、相談しながら、いっしょに歩めるようつとめてきたつもりだ。けれどもつもりはつもりだから、あのときはそうじゃなかったじゃないかと、言われたらこうべを垂れるほかない。本当にごめんなさい。

医局から最初に派遣された清愛病院には。児童思春期病棟があるから、愛着障害、ADHDの入院患者さんも、児童思春期の指導医の岸本先生と診させていただいた。十一歳、小学六年の男の子、山澤俊之介くん。さいしょに彼と出会った診察室では、岸本先生といっしょに居たところで、岸本先生と話しながら「やだー」と足をばたばたさしていた。

入院が決まって、病室に看護師さんたちと案内され。ふたりになると、「僕ね、虫が好きで、カマキリがね……」と話してくれた。

自分が当直の夜。山澤くんが呼んでますと、児童病棟からお声がかかったことがあった。もうだいぶ暗くなっている廊下を、音をせぬよう速足であるくと、病室で山澤くん、目を開けて横になっていた。

「あのさ、ひとりがこわくて、ねれなくて。いっしょにいて」

「だいじょうぶだよ、おちついて寝れるまでいっしょにいるよ」

「僕が寝てても、いて。手をつないで」

「うん。いるよ。だいじょうぶだよ」

三人部屋。ほか二人いる、同年代の患者さんがねてるの邪魔しないように、ヒソヒソ声で話して、手をつないだ。暗いへやのなか。じっと手をつないでいた。山澤くん。そういえば、端正な顔だちで、坂口健太郎の小っちゃいころみたいな、とっても可愛い子だ。そういえば。

だけれども、ベッドの柵のあいだ越しに、暗い病室で手をつないでいるとき、やましい気持ちはまったくなかった。精神科一年目の私は私情をまじえる余裕もなく、ただひたすらにこの子がきょう、この先、おだやかに眠れることをねがって、一時間くらい手をつないでいた。性的に興奮したり、なんということは、一ミリもできなかった。

山澤くんが目をとじて。おちついた寝息して、寝つけてくれたのを確認して、部屋を出た。寝顔もたしかに可愛かったが、彼の寝顔を見ながらおもっていたのは、この薄い唇に自分のものを突っ込みたいとか、透きとおるような白い頬に、軽くキスしたいとか、そういう心情はまったくない。ただひたすらに、彼がおちついて寝ついてくれることを願っていた。

いまはまったくだらしがない。精神科で年を重ねたぶん、患者さんに「よくなってほしい」とおもうばかりでなく、感情移入する余裕のようなものがでてきて。患者さんがつらい話をして涙を流すと、私も一緒に泣いたりする。一緒にべそべそ泣いたりする。

それぐらいならまだいいだろうが。それ以上のことをやらかしたりするからさァことだ。具体的に言うと、「序章」のようなこと。寝ている山澤くんの薄い、ピンクの唇に、勃起したペニスを押し当てるようなことや、手をつないで一緒にお風呂につかったり、そのまま性的な行為に移ったり……。そんな妄想をする心の余裕は、当時はなかったものでした。

彼のことを思ってオナニーするようになったのは、彼の主治医でなくなってから、何年も経ってからのことである。

第六章　死にたい精神科医・医局と三崎海岸篇

私の父親は内科医だった。千駄木のあたりでクリニックをやって、もう二十年になります。二十年前からずっと同じお値段だ。思いついたことをそのまま書けばいいってもんじゃない。だいいち保険制度がいろいろかわって、そのたびに患者さんの支払い金額も変わってるんだ。

ものしずかで、優しいひとでで。私に北杜夫、星新一、原田宗典などの本をすすめてくれたのも父だ。このうち北杜夫と原田宗典は躁うつ病。星新一は睡眠薬の依存症で、筒井康隆とよくハイミナールあそびなどをしていた話をエッセイや『ＳＦ作家オモロ大放談』などで読んだ気がする。北杜夫も「北さんの睡眠薬のつかいかたは悪魔的にうまい」と、後輩の医者にほめられた話を書いていた。原田宗典は大麻でつかまり、という点では、中島らもと一緒だ。躁うつ病、アルコール依存、大麻と三拍子そろってる。私のひとつ後輩、鬼田先生が、「中島らもなんか、アルコール依存だから」ってバカにした言いぐさをしたときは怒ったね。ふだんは眠たさの国にいる日原さんが、パッと覚醒して激怒したことがあります。

「てめえ、中島らもをだれだとおもってんだ！　あの中島らもだったら、アルコールだって大麻だってやってていいじゃねえか！」

うちの父親も、寝る前のビール半分が、毎晩のようになっている。いろいろ睡眠薬もためしたけど、合わなかったんだそうだ。私はマイスリー派で、マイちゃんと呼んでいる。母親も寝る前に薬を飲む。ひととおり家事をすませて、お風呂に入って寝るのは午前一時、二時だ。ずいぶんと苦労をかけた。「孝行をしたい時分に親はなし」。さいわいうちのは両親とも生きてるが、孝行する気力がおきないので困ったものだ。だから「殺さないだけで立派な親孝行」って談志家元のことばにすがってる。

内科医の息子が精神科をめざすのに、両親とも反対しなかった。「つらいひとの話きいて、からだこわさなきゃいいんだけど」と母親は心配してくれたが、基本的には認めてくれた。とても感謝している。というのは、父がやっている内科のクリニックをどうするか問題があるからだ。私は将来、精神科の日と内科の日でわけりゃいいとおもっていたが、世の中なかなかむずかしい。父方の祖母は、うちの父親ふくめふたりの息子を内科医にしたひとだ。「だって、患者さんが混乱したりするじゃない、ねえ……」としぶい顔をしていた。先述した母方の祖母は、「そうなの、雄一くんにぴったりよ」と言ってくれた。だから自分も、精神科と内科とで、迷っていた面もある。

けれど。溝口病院の精神科を学生実習、研修医でまわってからは。ゼンゼンそんな気もなくなった。科長の張先生。医局長の辺先生。外来医長の諸星先生。最強の三人だった。「ここの医局は、みんな張先生のこと、だいすきだからね」と、医局の大先輩の、中久保先生が言っていた。自殺予防の権威なのに、エンターテナーでユーモアたっぷりの張先生は、忘年会のだしもので「チョウノイケさん」をやられたことがあった。みんな爆笑していた。この医局にはやくはいりたいなあと切に思った。

入局して一年目の忘年会。張先生から、台本をわたされた。僕と、A面の真辺先生が白衣をきて、医者役。張先生の頭に聴診器をあてて、「どこがおかしいですかねえ」とやる。

べろべろに酔って演ったけど、そりゃあ酔わないと演れないことだ、忘年会の司会は、医局長の辺先生。伊豆野先生がやることもあった。そういうときは、ビンゴゲームの司会が辺先生。どんなにつらくても、この忘年会までは医局で踏んばろうとおもっていた。

実際はぜんぜんつらくなかった。

精神科に入局して。医局長の辺先生、外来医長の諸星先生の診察の陪席をさせていただき、新しく来た患者さんについて、お教えをいただく。

辺先生も、諸星先生も、精神科一年目の自分たちに対して、めちゃめちゃに優しかった。外来の隅で座って精神科の入門の本とか読んでると、「さいしょからそんなにがんばりすぎないでよー」と、笑って声をかけたりしてくれた。諸星先生の別荘に、お邪魔させていただいたこともあった。

三浦海岸。溝口病院から、ざっと一時間半くらいの距離。三浦海岸名物、マグロやら海鮮ものがおいしいんだ。往復で三時間はかかる距離はたいへんだったが、ふだんの諸星先生と同様、別荘でも散々私たちをもてなしてくれるのだ。二階もある広い別荘で、こたつを囲んでテレビをみながら、よくわからないが良いお酒を飲んで。

「たまにはこういうところ来て、息抜きしなきゃだめだよ」

笑顔でそうおっしゃる諸星先生に、いや私はコミュ障だから家にいたほうがいいですなんて、言えるわけないではないか。ちなみにA面、真辺先生は、一回もこの集まりにきたことがなかった。だいたいいつも、一つ下の後輩・鬼田先生と、清原先生が一緒だった。豪勢な別荘に泊まらせていただいて、近所の名物のお寿司や、ステーキをいただいた。そんな体験、ほかにしたことがなかったので、大切な思い出として残っている。

清原先生は、初期研修でひとつ年下にいた。優秀で人当たりもよくって、すばらしい先生だ。志望の科はきまってないというから、私も熱心に勧誘して、ぶじ精神科に入ってくれた。とってもうれしかった。

ハイ、ここから妄想パートに入ると、清原先生にめっちゃ迷惑がかかるので、かわりにフツーの事実を書きます。清原先生は精神科でも、たいへん優秀に働いてくれている。おかげでダメ医者の日原さんも、ずいぶん助かっているのだ。

第七章　死にたい精神科医・天変地異篇

金曜勉強会では、困っている症例をだして、そこで上の先生がたから治療のアドバイスをもらうのだと、指導医の西関先生は言った。初めて、その担当をさせていただいたとき。ちょうど困っている症例があった。聖アンナマリ大学神経精神科から、「統合失調症、アスペルガー障害」の病名のほか、「性格傾向かもしれません」という、三行もないくらいの紹介状でやってきた。古茶大樹という先生は名前は聞いたことがあるが、こんなざつなことをするのかと精神科一年目の私は思った。精神科医になって年数が過ぎるなか、気がつくと自分も、ざつな紹介状をかいてしまっていたりするから驚きなのだ。

それ以外でも。当直明けの業務だったり、私自身サインバルタやらリフレックスやら抗うつ薬をのみながら、なんとか仕事をするなかで、体調のひどい日には患者さんに、じゅうぶんにていねいに診療をおこなう日もある。荒れ狂っている日もある。

そういうときには患者さんのほうから、「先生、ご体調おだいじにしてくださいね」と言ってくれるのだ。私の患者さんたちは優しいのである。自分で、よくないなあ、という診療をつづけていると、祖母の言葉が頭をよぎる。「雄一くんは、ひとのこころがわかる医者になれるよ」。祖母のあたたかい言葉をおもいだすたびに、初心にかえらなくてはとおもう。

初期研修のころから、張先生のご講演に一緒につれていてくださって、真辺先生といっしょに、三軒茶屋での自殺予防に関するご講演を拝聴しにいく道中、そのご講演をする張先生からお洒落なオムライスをごちそうになったり。四月には、歓迎会。年末には、忘年会。夏には屋形船を借りきって、ということもあった。

年末恒例のビンゴゲームは、辺先生が司会をやる。私と真辺先生にも声がかかって、真辺先生は番号を言う係、私は該当の景品をさがして辺先生のところに持っていく係。べろんべろんになりながらやった。すごくたのしかった。「来年からはこれだね」と、辺先生も笑顔でおっしゃってくれた。翌年から世界がコロナになって、忘年会も新歓もできない世の中がくるなんて想像できなかった。

新専門医制度では、あちこち病院をローテート、一年ごとに派遣先をかえてまわらなければならない。さいしょに一年半、まわった清愛病院は、片道一時間強くらい。つぎは溝口精神科に、半年。ここはもう三十分もかからない。みっつめの、七野病院は、片道二時間かかった。コロナのさなかでもすわれない、満員電車で二時間。

南武線での行き帰り。本当につらさの国にいた。死にたさの虫がわんわん鳴き、僕の胸めがけて死にたさの粒をマシンガンのように発射していた。

そんななか。コロナ禍すぐの、二〇二〇年の秋。

聖教大学溝口病院精神科の科長を長年、二十年以上つとめていらした張賢徳先生が、今年度でご退官されることになった。同じタイミングで、外来医長の諸星先生もご開業され、心理の伊豆野先生もべつの大学の准教授になられることが決まった。

もう、日原さんギャン泣きでした。超特大の天変地異のようにかんじた。辺先生は一年、のこってくださるそうだが、科長、教授は、東大の医局からくるそうだ。

張先生をはじめとする、溝口精神科の最強の四人。この態勢が変わることなんて、まったくかんがえていなかった。二十年つづいたこの体制は、すくなくともまた十年、二十年はつづいていくものとおもっていた。

張先生のあとには、東大から先生がくるという。医局長の辺先生は、一年のこってくださるという。ただ、あとひとり足りない。

或る日、張先生に呼ばれて。

「正直に話をさせてもらうけど、さいしょに真辺先生に声をおかけしてね。ただ、精神科単科の病院でまだまだ修行を積みたいってことで。真辺先生のあとにお声がけする、というかたちで申し訳ないんだけど、そのところに、日原先生、どうだろう」

どうだろうもなにも。分不相応にもほどがありますが、私がそんな限られた枠にいていいのか。

「私にはむりだとおもいますが……」と言いながら、張先生からせっかくいただいたお話で。ありがたくお受けさせていただいた。

溝口病院の、諸星先生のような地位に、いつかきっとなりたいものだとおもっていた。でもそれは、なれるとしても遠い遠い先の話だとおもっていた。こんな早くに、しかも、こんなかなしいかたちで夢がかなうとはおもわなかった。

当時、ローリングヘッズ叢書に書いた文章がこれだ。特集は『ファムファタル／オムファタル』。

私、十七歳だった。

さいきん、楽しみなマンガの新刊が、あっという間に出てあっと言う間におわる。「時の流れ」がやばいぞ、とおもう。ヒロユキ『彼女もカノジョ』なんて、ぼんやりしてたらもう四巻だ。くらっぺ『はぐちさん』、雨瀬シオリ『今日はここから倫理です』、みんなうっかりしてるとどんどん出てる。『骨が腐るまで』の内海七重の新作『なれの果ての僕ら』も見つけた時には五巻まで出てたし、古屋兎丸『アマネ・ギムナジウム』も鶴谷香央理『メタモルフォーゼの縁側』も高野ひと深『私の少年』も完結した。と思ったら、古屋兎丸『ルナティックサーカス』が連載始まりもう一巻が出て、押見修造『おかえりアリス』もと。もうわけがわからない。谷川ニコ『私がモテないのはどう考えてもお前らが悪い！』なんて、気づいたらすっごいモテモテだし。

オモテ稼業では精神科医のふりをしている私だが、所属する大学病院の医局でも激動だった。初期研修二年を終えて、学生時代から実習でよくしてもらったＭＺＫ病院の精神科に入れたのはたいへんに嬉しかったし、科長のＣ先生も、打たれ弱い日原さんのことを察してか、めちゃめちゃ優しく接していただいた。年々、お世話になった指導医の先生がたがご自身のクリニックをご開業されたりして医局をご卒業され、さびしい思いをしていたけれど。令和二年の年度末は、日原さんのメンタル大地震だった。『ひとはなぜ自殺するのか』という名著もある科長のＣ先生、外来医長として精神科診療・薬剤のことなどを何も知らない私にやさしく面白くおしえてくれたＭＲＩ先生、調査や学会発表のことなどでお世話になりすぎるほどお世話になっためちゃめちゃ優しい心理士のＭＺＮ先生がご退官される。驚天動地。涙の雨。科長には、Ｔ大病院から偉い先生がいらっしゃるということだけれど。ＭＲＩ先生がご退職により、大学病院の分院であるＭＺＫ病院の数少ない、三人しかない常勤医の枠に、日原さんが入るという暴挙が。Ｃ先生、ＭＲＩ先生のかわりなんて誰にもつとまらないのだけれど、それにしても私とはどういうわけのわけがらか。わけがわからないと思いながら、飲む薬の量が増える。

大槻鉄男『ある河には』を思い出している。「ある河にはある河のわけがあって 朱色に染まって流れてゆく 私には私のわけがあって 橋の上にたたずみ 昔のひとのように 朱色の流れをみつめている」。あるいは私自身、流されるのはとくいである。「人生成り行き」、どくだみ色に染まり流され流されここまできて、気づけば三十路をあるいてる。この一年超、ただでさえかたくるしいニューノーマルさせられているのに、身辺でもいろんなことがあって、もう頭んなかぐちゃぐちゃである。「かわらぬ日常」のありがたさが唱えられるなか、そうかもなあとうなずいたりする。

筒井康隆『ヘル』によると、「生と死の境界は断ち切れているのではなく連続していて、ごく自然な滑らかさで繋がっているのではないか」、「それどころか時には死の側から生の側へスムーズに還る流れも存在するかのようにさえ思われる」とある。そして、「ヘルとはつまり神や仏の不在のことだから信仰心のない日本人にとっては現世もここもたいして変わらないんだよ」という。なるほど私も信仰心はさほどないから、いま自分が生きているのか死んでいるのかよくわからなくなっている。これだけつらいのであれば、生きていても死んでいても同じだろうと思う。

声優の井上喜久子の提唱する「十七才教」は、「永遠の十七歳」となることができるという宗教的組織だ。会員は田村ゆかりなど、着々と増えているようなのがスゴイ。黒色すみれは「永遠の十四歳」で。野原しんのすけのように五歳の状態が永遠につづくのもすごいが、十四~十七歳という青春時代が永遠につづくというのも、あらためて考えてみると苦しいだろうとおもう。青春時代が夢なんてあとからしみじみ思うもので、青春時代のまんなかは胸にトゲ刺しぐさぐさである。私もうっかりしていると、また誕生日が来て、今年で十七歳になる。そうか、いまがこんなにつらいのは、十七歳だったからか。三十年いきてきて、ついに真実にたどりつきました。

こんなものを当時、書いていた。このころからもいろんなことがあったけど、まだ、生きている。永遠に十七歳のままに。

妄想ばかりしているうち、またしてもドンドン時は流れる。聖教大学溝口病院精神科の科長を長年つとめていらした張賢徳先生がご退官され、諸星先生もクリニックをご開業された。溝口病院に常勤でつとめることになったけれど。

トップがかわれば、いろんな方針もかわる。医局にあった学会誌も、いきなり捨てられたり。従来の溝口病院精神科が、だんだん変わってしまうなか。ここに残って、変わってしまう溝口病院精神科をとめられないことは、張先生のご意志に反するのではないか。思い悩んで悩んで、何月かぐじぐじ考えると、私は妙なふんぎりがつけられるのだ。

大好きな聖教大学溝口病院。大好きな大好きな溝口病院精神科。張先生にも新しい科長の嵐先生にもお許しをいただいて、私はそこを、辞めることにした。

ローリングヘッズ叢書で書いてきた文章を、乱一書房と彩遊社で、本にもしていただいた。ほんとうにうれしかった。落語の本をよく買っていた、彩遊社からは『偏愛的落語会鑑賞録の、ようなもの』。あの乱一書房からは、『腐男子精神科医の妄想メンタル外来』。これまで、ローリングヘッズ叢書に書いてきた文章について、小沢信男先生からは「欣快です。笑いました」、「貴文は、たのしい」、須永朝彦先生には「痛快無類、巻を措く能はず」というお言葉をいただいていた。その両先生とも、もうこの世にいない。

これで最後にしようとおもって、彩遊社から『腐男子精神科医の人生ウラ道ガイド　去年の七月に死んでいたはずだったのに。』を出してもらった。それで死ぬつもりだったのにね、なぜだかまだ生きている。

いつかはベッドで、ひとりじゃねられないからと、当直中に呼んできた山澤くんも。農業がやりたいと、新潟の農業高校に進んで、会うこともほとんどなくなり、二、三年も経って。

そんな時期。その子は土曜日の八時半に来た。

つい二月まえまで別の病院で、入院治療をうけていたという。なら紹介状、診療情報提供書が「基本的には」必要だが、持ってきてないという。できれば別日がいいけれど、紹介状の取り寄せをお願いして、「どうしても」と言うなら、今日診るけど。そう、初診をふりわける看護師さんに伝えた。土曜日、ただでさえ混む日なのです。できるなら後日にしたかった。

果たして紹介状がFAXで来て。本人と家族は、「どうしても」今日がいいらしい。なら、しかたがないでしょう。どうしてもと言われたらしょうがない。次つぎくる再診患者をできるだけ早く片づけても、木下くんを呼ぶころには、十一時はすぎていた。

「あああすみません！　ごめんなさいね、すっごいお待たせしてー」

と、その×学二年生の「木下遼太」くんを迎え入れてから。まさかそれから、三時間以上話すとは思わなかった。

初診の患者さん。でも、軽い患者さんなら、四十分もかからない。サラリ聴いてサラリと今後の相談をして、つぎの患者さんに移っていく。

問診票の、当院に来たきっかけについて。昨年すえ、痛み止めをOD、過量服薬して、高名な大八病院に入院して。退院後、通ってたけれども、主治医の先生と合わなくて来たらしい。

「気分の落ち込みがひどくって、眠気もひどいし、相談したらスルピリドって薬もらったんですけど。これも眠気がくるって薬局できいて、のんでません」と笑顔で木下くんは言った。

「そうなのね」

と、うなずいたあと。

「気分が沈んだりするとき、ふだん楽しめてることも、楽しめなくなっちゃったりするばあいも多くあるんだけれども、そうしたことって、木下くんの場合、どうかな」

「あんまり、楽しめないですね……音楽とか、読書とか好きなんですけれど」

「読書。どんな本読んだりする？」

「さいきんは体調わるくて、あんまり読めてないんですけど……。三島由紀夫の『仮面の告白』とか、谷崎潤一郎とか」

なんだこの×学生。

そこから三時間、ほとんど趣味の話してた。三島由紀夫なら『憂国』は観るべきだ、谷崎の何が好き？　ああー、『刺青』か、うん、おぼえてない。読んでみる、ありがとう。

さいきん中公文庫から『マゾヒズム小説集』、『フェティシズム小説集』がまとまってるよね。なら野坂昭如の……って際限なく話はひろがった。

どうして気うつになっちゃうか。実は、自分は男になりたくなくって。でも、本物の女性になりたいわけじゃないんですけど……。

この木下さんが、その日最後の患者のつもりだったけれど。代診で薬だけもらいにきたひとがふたりばかり来ていた。十一時半までの受付。十二時半過ぎても、午後一時半すぎてもずっと私ら話してるから、ほかの患者さんたち、さすがに怒ってノックしてきた。

「調子変わりないから、薬だけください」

ああごめんごめん、まだいたのねと、そのとき私も初めて待たせてる人がいることに気づいた。でもまあ私の患者じゃないから、代診で同じ薬があればいいふたり。同じ薬がほしいだけなのに、二時間以上も待たされちゃたまらないというわけだ。

本来だって、土曜の外来は、午後一時にいちおう終わる。なのに気づいたら二時近くだ。趣味の話にむちゅうになりすぎた。あわてて話をまとめて、とりあえず二週間後、十一時半近く、受付の終わる直前に来るよう話した。これだけ長く話したいひとは、ほんとうは平日午後来てほしいところだが。学校があるってんでしかたがない。いつも、ふだんの診察の際、サブカル的な趣味や政治の話を、一時間くらいしていた。その際には丸尾末広の『少女椿』だとか、古屋兎丸の『ライチ・光クラブ』の話もでた。木下さんの政治観は左寄りで、私も同じく左寄りで話が合った、ようにかんじておりました。話の途中で、リスカを今も続けてしまっている話、自分は傷ついて苦しんでいる人間でなければならないと思い込んでしまっている話も出た。小・中学校と、オネエっぽいといじめられてきて、衣服を脱がされるような辱めもうけた。そうしたなかで、そういう思考回路ができてしまっているのだという。

だから、気合を入れて診療にあたらなければならないのだけれど。そのいっぽうで、木下さんの診察で趣味のこともまじえて話せる時間は、治療者としてはよくないのだが、楽しみのひとつだった。

「先生、ハグしてください」

或る日の診察終わり、唐突に言われた。

「え、えーと」

「一秒、一秒くらいでいいんで！」

そう言われてしまっては。一秒くらい、僕は木下さんに、ハグしてしまった。

「ありがとうございます」

と、その日は帰って。つぎの診察のときには、そうしたことにはなんにもふれず。自分ばかり、その出来事を、意識してしまっていた。中性的な顔立ちで、可愛らしい目をしている、性別違和のかたであり、身体は少年であり。受診のときには、長ズボンかスカートで来る。うつがつよいときには、そのズボンもヨレヨレだったりする。リストカットも、毎回聴いても、その回数は減っていたり、増えていたり。

「だから死にたいんですよね」

或る日、木下さんはそう言って笑った。「もっと人類は苦しまず、暮らせるはずなのに。こんなに科学があったなら。『新しい資本論』の本を読んで、ますますそう思いました」

「こんど選挙があるけど……」

「そう、そうなんですよ！　すっごい行きたいんですよ」

「どこの党に入れたかった？」

「うーん……れいわとか、ですかね。山本太郎さんが街宣でいらしたとき、質問させてもらって、とても丁寧に答えてくださって。でも、あと選挙権得られるまで四年もあるんですよ。同性婚も夫婦別姓も認められないし。僕が首相になりたいと、思ったこともありましたけど。先に死んじゃいますよ。ねこぢる先生も、青山正明も死んでますし」

「ねこぢる、青山正明を知ってるかー」

僕は驚嘆した。いまの×学二年生だ。とっくの昔に、私が中学のころには、すでに亡くなっていたような人たちなのに。もちろん、私も大好きだが。

「いちおう、ですけど。山野一さんが、ねこぢるyとして活動されてますよね」

そのねこぢるy先生は、ローリングヘッズ叢書で、特集されたことがあった。思わず言ってしまった。

『ローリングヘッズ叢書』って、知ってる?」

「いや、知らないです」

「そう。そういう方面の雑誌で、ねこぢるy先生のインタビューも載ってて。次のときに、持ってくるね」

そのつぎの、診察のとき。ちょうど終わった、選挙の話からきくと。

「やっぱりなあ、って感じですね。やっぱり、こんなかんじで続いちゃうんでしょうね」

「そうだねえ。僕が入れたひとも、落ちたしね」

「どんなひとに入れました?」

「東京選挙区は山本太郎さん、山添拓さんは通ってたよね。やっぱり僕は、落ちるとおもうけど、っていう判官贔屓があって。社民党のおじいちゃんに入れて、まあフッーに落ちたね」

「そうですよね……。自民も維新も伸びて。優しくならないですよね、世界が。マイノリティは、死ねってことですよ。こんなにつらい、自分のからだと心の不条理に苦しんでるひとたちも多いのに」

「体のどんな部分が、いやだ？」

「毛が生えてきたのが……」

木下さんは、ちょっと頬を赤らめた。

「下のところに、股間のところに、毛が生えてきたのがいやでいやで。ぜんぶ剃ってます」

「睾丸の毛も？」

「そこの毛も、ぜんぶ剃ってますね」

木下さんは苦笑した。ぜんぶ、と強調した。

「あそこの毛はなんで、ちぢれってるんでしょうね」

「自分の睾丸については、どうおもう？」

「べつに、ついてていいんですけどね」

木下さんは笑って言った。こちらも笑う。

「子どものころからあったものだし。べつに女になりたいわけじゃないんで、痛い思いしてまで、とりたいとは思いませんねー。けど、毛が生えるのは……」

「僕は睾丸について、こんなことをかいたことがあるんだけどね」と、『腐男子精神科医の妄想メンタル外来』を渡した。「私の愛した金玉アラカルト」が載っているのだ。「この本に乗せた文章を、まとめてもらってね」と、ねこぢるｙ先生のインタビューも載った、『ローリングヘッズ叢書』も。

「先生、こんな本書いてたんですね！　ねこぢるｙ先生も」

木下さんは目を丸くしながら、片頬だけで笑った。

「この『ローリングヘッズ叢書』、すっごい素敵なお人形さんとか、絵とかいっぱいですね。こんな本を求めてたんですよー」

「そう、そういう異端的で、美しい作品の載った雑誌でね。僕も学生時代から書かせてもらって、それをまとめたのがその本で」

「わー、そうなんですね。読んでみます」

と、受け取って帰って。次回来たとき、木下さんはピースしてくれた。

「先生の本、面白かったですよ。したいこととしたくないことに関することとか、神木隆之介さんがそこここにでてくるとことか。面白くって、するっとよめました」

と話す木下さんの言葉が、僕は涙がでるほど嬉しかった。自分の文章を面白いと言ってくれるひとは、それまでほとんどいなかった。

「これ、僕が書いたものなんですけど。映画の感想文で」と、印刷された紙をみせてきた。今敏監督の、『パプリカ』の批評文。この私小説の第一章ラスト、三二ページに載せたものだ。

すさまじかった。一行目から、勢いよくリズムよく一気呵成に読ませてしまうその文章は、スサマジイとしかいいようがなかった。

「木下さん、これ、めちゃめちゃ面白いよ。ふだんからこういうの、ブログとかツイッターに書いたりしてる？」

木下さんはキュートすぎる笑顔でかぶりをふった。

「いえ。先生に読んでほしいと思って、書きました。おもしろかったなら、よかったです」

「そうなんだ……木下さん、×学二年生でこんなになって、サブカル方面の知識とか、社会的な知見についてもおもってたけど、こんなに文章の才能もあって。あのね、モノスゴイ天才だとおもう」

圧倒されている僕の、腕をとって。

「ああいう面白い本だされてる日原先生に褒めてもらって、僕、うれしいです。っていうか先生、ショタコンすぎでしょう。僕なんかのも触りたいって、おもうんですか？」

「触りたいし、咥えたいね」

木下さんの大胆な行動・発言に、おどろきながら、笑いながら話す。

「……いいですよ。先生なら」

診察室。土曜日、もう十二時半を超えている。来てる患者さんは残り、いない。

僕はちょっと戸惑った。言い直す、かなり戸惑った。

「っていうか、先生と、したいです」

僕も、医療倫理とかいろんなものを越えて、感情としては、したい。ものすごくしたい。

でもさすがにここでは。このあと掃除のおじさんやらおばさんやら、まわってきたり……。

「帰り、一階で待っていられる？」

と聞くと、顔を真っ赤にして頷く木下さん。

きょうの処方箋をだして、会計にまわってもらって。急いで帰り支度をして、一階へ向かう。向かう途中、木下さんという患者と、その年齢とが脳裏をよぎったが。

法律なんて糞くらえ。倫理なんて犬に喰わせろ。

そう、自分のこころのなかでとなえて、ヤケクソのように足を速める。

ひとり、人のすくない待合でポツンと立っている影があった。

「ああ。先生。ありがとうございます。僕……」

さっきとはちょっとちがった様子で、とぎれとぎれに話そうとする木下さんの、震える手を僕は握ることができた。

「自分なんか、好きになってくれるひと、いないんだろうと思って。こんなものついてるし、どんどんヒゲも生えてくるし……」

「僕は、好きだよ。大好きだよ」

と言いながら、じっと木下さんの目をみる。笑いながら、涙がこぼれていた。

その手をにぎったまま、手の甲にキスをする。そしてまたぎゅっとにぎって、病院の外にでていく。目の前にあるビジネスホテルに、すんなりと入る。高津駅前にある溝口病院は、こういうところが、便利だ。

手を握りあったまま、部屋に入り。いきなりキスをされた。驚きながら、そのまま舌を入れ、絡ませ合う。木下さんの薄い舌のぬるっとした感触を味わう。

不細工な私が、×学生とこんなことをするなんて。

するりと股間に手をやられて、ズボンの上から揉まれてようやく、自分が勃起していることに気がついた。

股間はだいぶ、切迫した状態である。ズボンの前に自分のペニスが、浮き出ていると分かるほどだ。もっと刺激がほしくて、知らず知らず腰が浮いてしまう。

「ふふっ、もう準備万端ですね」

木下さんは手馴れた調子で僕のズボンのジッパーを下ろし、いきり立ったペニスの顔をのぞかせた。ズボンをおろすと、自分のみにくい出た腹も見えた。自分でも面白くなるぐらい、赤く怒張した亀頭に、木下さんは手のひらをぐりぐりとまわす。まわしているときの表情は、無だった。無の表情で、僕の亀頭をいじりまくる。

「あ、あああっ……そんな技……」

木下さんの暖かい肌で亀頭をマッサージされ、自分は声が抑えられない。まったく、どこで覚えてきやがったのだろう。

右手で僕のペニスを軽めにしごきながら、左手は、シャツの首元から手をまわし、乳首をぎゅっとつかんできた。やわらかな指でさわ……さわと愛撫されたり、つんつんと突かれたり、弄ばれるばかりである。

「木下さん、上手すぎでしょ。×学生なのに、何回目？」

荒く息をつきながら言うと、片頬だけ緩めて、こう返された。

「二回目ですよ。先生とするときのために、リハーサルしときました」

「うそつけ」

いつ、だれとしたんだろう。そう思いをめぐらせながら、向こうの股間にも手を伸ばす。

木下さんのペニスは、可愛い顔に似合わず、ずいぶん大きく感じられた。ズボンの上からだからだろうか。ズボンのベルトを外し、パンツの中に手をつっこむ。ザワザワとした毛のなかに、美しいかたちのものがあった。カサをちょっこり開いて、柱は細く長い、これまたかわいいかたちのペニスだ。口からオツユをちょっと漏らしている。死にたさを吐き出している。手で握り締めると、パカリ口を開け、もっともっと量を吐き出す。

「もう、こんなに出てるよ」

木下さんに笑いかけると、恥じらった声色が返ってきた。

「そんなに、見ないでくださいよ」

そして、僕の乳首に感じる力が強まる。ペニスをしごくスピードが、急に速まるのを感じた。

「おおう……」

慌てて木下さんの手を押さえる。うっかり、もう、出してしまいそうになった。

「えー、もう出しちゃいそうなんですか？」

余裕をとりもどしたかのように、バカにしたような笑い声で訊いてくる。

「きみがあんまり上手いからだよ」

木下さんに後ろを向かせ、スっとズボンとパンツを下ろす。青白く、ツルンとしたオシリだ。そこに勢いよくむしゃぶりついた。

「ああっ」

驚いたのだろうか、おおきな声が出る。

「先生。日原先生と、ひとつに、なりたいです」

「うん」

うなずいて。僕のペニスを思っきり、突っ込んでやる。

「ううっ、うっ」

「静かに、ね」

唇を唇でふさぎながら、リストカットの傷でいっぱいの、腕もいとおしく、キスをする。木下さんの背中を、後ろからだきしめる。背中は暖かくて、気持ちいい。腰を動かしながら、頭を背中に乗せると、その心地よさといったら。腰を後ろに下げ、前へ突き、突く。突く。

死にたさがそのたびに、僕の胸を突く。なんと罪深いことをしているのか。いろんな倫理、法律も逸脱して、なんてことしてるんだ私は。

木下さんがあげている嬌声も、脳の右から左へ流れていくなか、僕は射精した。

「ああ、木下さん、イっちゃった……」

木下さんはとっくに、ベッドのシーツに白いものをこぼしていた。あぶないあぶない。シーツの上にでたものを先にのみくだし、木下さんのペニスを、まだ濡れたその先をしゃぶる。

「ひとつ言い忘れてましたけど」

木下さんが言う。

「僕のこと、気をつかって『木下さん』って呼んでくれてましたけど。男になりたいわけじゃないけど、べつに、女になりたいわけでもないんで。呼びかたは『木下くん』でいいっすよ」

早く言え。

「早く言ってよー」

と、笑いながら、死にたい虫と脳内会話する。こんな美しい子と一緒になれても、木下くんと一緒になれても。まだ、死にたい虫は脳内で鳴き続けている。

永山則夫『木橋』の一節が、また頭に芽をだしてくる。

「悲しみが降る――

シンシンと音もなく降る　降る

悲しみの根雪が積もりくる

津軽の十三歳は悲しい」

死にたさが降る。音もなく降る。降り積もる。高津の三十三歳は死にたくて、死にたくて、おなじく死にたい×四歳の木下くんの手を握る。電撃が走った。

ああ！　私はついに真実に気づいた。ハッとして木下くんをみる。不思議そうな顔の彼に、僕は勢い込んで話した。木下くんは「アァハハハハハハ！」とわらった。笑顔がとっても可愛らしかった。

終章　死にたい脳髄論を講義する

脳髄はものを考えるところに非ズ。個々の細胞が考えるのだと、夢野久作『ドグラ・マグラ』の九州医科大学精神科教授・正木博士はとなえたが。私は思いついてしまったのだ。死にたさ、希死念慮も個々の細胞が生み出し、また、コロナウィルスのように、外界からくる希死念慮もある。これらの希死念慮のタネが合流し、死にたさの虫が湧いてくる。死にたさの虫が鳴くたび、死にたさの粒が溜まっていく。その溜まっていくところが脳髄であると。その結果、溜まった希死念慮の粒が脳内のセロトニン受容体にくっついて受容体を阻害して、本来くっつくべきセロトニンがくっつけなくなってしまう。

それをおもいついたタイミングで。私は溝口病院をやめたあと、一年目の頃からお世話になった、清愛病院で厄介になっていたのだが。清愛病院の、本当に本当にお世話になっている優しい大山院長先生から、看護学校の授業をさせていただく機会をいただいた。前年にその講義をされていた西垣先生からは、「僕は好きにやってたよ。先生も自由に、好きにやっていいよ」とのお言葉をいただいた。「私は好きにした。君らも好きにしろ」という、映画『シン・ゴジラ』のフレーズが脳裏をよぎった。

よし。好きにしよう。シン・ゴジラのように、この腐った世界を、壊滅させることはできないけれど。おなじく腐った自分たちを、始末することはできる。

つとめる鷺沼の清愛病院から、田園都市線で、十分程度。雨が降っている。

とちゅうで、木下くんの家に寄る。彼も白衣をきてでてきた。よし、映画版の、アンポンタン・ポカン博士だ。その松田洋治よりかわいい。

「木下くん、白衣、似合っているよ」

と褒めると、木下くんは唇をとがらせた。

「日原先生と身長が二〇もちがうんですから、けっこうブカブカなんですけど」

「ブカブカだからこそ、その手を袖からださない『萌え袖』とかができるじゃん」

「僕の萌え袖、可愛いです？」

もちろんだとも。

カバンのなかに、用意してきたものがちゃんとあるかどうか確認した。こういう大事なときでも私は、忘れ物をする男だ。

ヤフオクで買った中古の木魚に、ボロボロの袈裟。夢野久作『ドグラ・マグラ』の、沖積舎からでた復刻版バージョンと、丸谷才一の『低空飛行』。そして北杜夫の限定版『狂詩初稿』。『雨魔羅無宿』も読み返したかったのに、ねじめ正一の『ねじめの歯ぎしり』は、もちろん忘れてきた。

明るいキャンパスの廊下を、木下くんとともにゆっくり、通り。事前に言われていた教室に、まよいながらたどりつく。学生さんたちのかんだかいおしゃべりで、ガヤガヤしている。

教壇の椅子に、ふたりで座って。机の陰で手を握っていると、教室の喧騒が、ずいぶん遠く聞こえた。こんなふうな時間が、木下くんと、もっとあってよかったはずだけれど。でも、しかたない。おたがいの死にたさの虫が鳴いているのを、もう、聴いちゃいられない。

『狂詩初稿』を、あとがきから読み返していると。授業開始のベルが鳴る。薄焼けた袈裟を身にまといながら、のんびり木魚を叩きだす。さあ、「キチガイ地獄外道祭文」だ。

▼ああア――ああ――アアア。そこに居ならぶ皆々様、これを読んでる御読者様へ。だしぬけだけれどどこの書の隅に。まかり出でたるキチガイ坊主じゃ。年は三十路でぼさぼさ頭、ケッタイ坊主が観てきたなかでも。まっこと恐ろし自殺の話じゃ……スカラカ、チャカポコ、チャカポコ、チャカポコ……。

▼あ――ア。さても恐ろし自殺の話じゃ。死にたい気持ちの希死念慮。起こって実際、自殺企図に至るまで。自殺させるは脳髄でない。個々の細胞が考えて、個々の細胞が死にたくなる。死にたさの澱が脳髄に、溜まりに溜まって大きな大きな、死にたいかたまりになるのじゃ……チャカポコ、チャカポコ……。

▼あ――ア。大きな死にたいかたまりじゃ。かくいうわたしも死にたさ極め、何を言うてるか書いてるか、サッパリ自分でわかりません。書き捨て書き逃げ書きっぱなし、わからぬフリして書き放題じゃ。書き放題でも問題ない、なんせ今度のコノ小説、まともに展開しようとて。わけもわからぬ人生を、送れる者がそのままに、わけもわからず書いてる

話じゃ……チャカチャカ、ポコポコ、ポコポコポ……。
▼あ――ア。わけもわからぬキチガイ人生じゃ。胎児よ胎児よ何故躍る。母親の心がわかっておそろしいのかと、問うたところでサッパリわからぬ。自分の心もわからぬ者が、ひとの心がわかりはせんのじゃ。……チャカポコ、チャカポコ……。
▼あ――ア。ひとの心はわからぬもんのじゃ。それでもいくらかわかろうと、わかったフリをしようとて。そんなことにも限度はあって。しょせんはわからぬおたがい同士。死にたさ詰まった脳髄の。命令きいては男女の合体。いきりたつ魔羅は、死にたさでパンパンじゃ。死にたさ詰まった精子をば、死にたい子宮で受けとめて、かくて世はこともなし。死にたい連鎖の完成じゃ……チャカチャカ、ポコポコ、ポコポコポ……。
▼あ――ア。死にたい連鎖の完成じゃ。科学も進んだこの世のなかに。生きづらさ死にたさ多いなか。談志師匠は歌ってた。今や落ちめの自民党、それにも勝てない民主党、日本にゃ向かない共産党、みんなロボット公明党、消えてなくなる社民党。ウハ、ウハ、ウハハハハハ……チャカポコ、チャカポコ……。
▼あ――ア。消えてなくなる社民党じゃ。私が毎回入れても入れても、ちっとも通らず死に票じゃ。表現規制の自由を守り。みんなすこしでもよい暮らしをと、願って入れたこ

の十余年。参院の、保坂展人に入れてから、ずっとずーっと落ちっぱなし。私の入れる先入れる先、みんな落選しまくりじゃ。かく言う私も試験に落ちて、留年二回してる身で。ちょうどコノ学校の、屋上なんかはいい見晴らし、落ちて死ぬにはいいとこじゃ。ここまでお聴きの皆々様には、ホントに感謝の阿呆陀羅経だよ。ちょうど時間となりまして、柱時計が鳴っておる。……ブウウウ――ンン――ンンン……。

授業終わりのベルだった。狭い教室には、だれもいない。廊下からこわごわ、こちらを見ている生徒たちのすがたが、何人か目に入った。

もちろん、とどくものでもあるまい。木下くんの死にたい虫がリンリン鳴いているのをかんじながら、それでも、訊いた。

「じゃあ、やるかな?」

「はい。もちろん。先生とこうして死ねるのは、サイコーに嬉しいです」

「僕も、サイコーに嬉しいよ。じゃあ」

袈裟の袖から、果物包丁をとりだして、捧げ銃の格好をした。「捧げ刀」というらしい。

「天にましますわれらの神よ。私たちの負いめを、お赦しなさらないでください」

天国の祖母、小沢信男先生が、わらっているのがみえる。ああ、うちのおばあちゃんは、もうリウマチに苦しまず、杖もつかずあるいている。小沢信男先生も、もう酸素マスクをつけていない。須永朝彦先生も、美青年と美酒をたまわれている。

ナイフを手にして、木下くんと向かい合って。おたがいの心臓めがけて、勢いよく刺すつもりだったが、私はわざと逆の、肺臓側を服の上から、軽く突いた。木下くんもおんなじだ。心臓があるのと逆のほうの袈裟を、軽くかすっただけだ。

おたがい、手をとってわらいあった。

「ばかだねえ」

「ばかですね」

木下くんのほうも、きいてみると、ただ服しか切れてない。よかった、と心からおもった。きみの肉体をきずつけなくて、ほんとうによかったよ。

死にたい虫が、クシ、とくしゃみをした。

「ねえ、また、あそこのホテルとか……」

急にわいてきた下心とともに、木下くんのほうをふりかえろうとした瞬間、下腹部に鈍痛が走る。ナイフがしっかと突き刺さっている。思いっきりの笑顔で笑っている彼。そのまま私の腹部はめった刺しにされて、体ぜんたい、あおむけに倒れる。

「アーッハハハ……。あれだけ大罪をおかしておいて、みんなを傷つけて。僕が傷ついているのも見ないふりして。のうのうと、罪悪感を背負っている格好つけながら、このまま生き続けるつもりでいたんですか?」

私は遠のく意識のなかで、声を振り絞って言った。

「ありがとう。愛しているよ、いつきちゃん」

その私の言葉を聞くと、木下くんは顔をゆがませた。自分の履いている靴を脱いで、私の顔面を一発殴り、吐き捨てるように去っていった。その姿を見ながら。できればこの光景を見終える前に、死んでいたかったな、とおもった。人生も死に際も、おもうようにはいかない。

血と涙と鼻水で、ぐちゃぐちゃになりながら立ち上がる。血の流れる下腹部をおさえながら、ぼんやりとかんがえる。とりあえず、コンビニに行こう。私たちが死にそこなった場所にささげる、ストロング・ゼロを買いに行こう。そこに虚無があるのだ。

——その実在、非実在の人々に——

装画　村祖俊一

日原雄一
ひはら ゆういち

1989年、東京都本郷生まれ。

妄想私小説
死にたさの虫が鳴いている

二〇二三年六月一〇日 第一刷発行

著者 日原雄一
発行者 田尻 勉
発行所 幻戯書房
郵便番号一〇一-〇〇五二
東京都千代田区神田小川町三-十二
電話 〇三-五二八三-三九三四
FAX 〇三-五二八三-三九三五
URL http://www.genki-shobou.co.jp/
印刷・製本 中央精版印刷

ISBN978-4-86488-274-3 C0093

ハネギウス一世の生活と意見　中井英夫

異次元界からの便りを思わせる"譚"は、いま地上に乏しい——乱歩、横溝から三島由紀夫、椿實、倉橋由美子、そして小松左京、竹本健治らへと流れをたどり、日本幻想文学史に通底する"博物学的精神"を見出す。『虚無への供物』から半世紀を経て黒鳥座XIの彼方より甦った、全集未収録の随筆・評論集。　4,000円

雑魚のととまじり　花咲一男

探偵小説好きが古本屋を巡るうち、男色物を含む春画など軟派文献を蒐集・研究し、近世風俗研究の巨頭となった男の私家版を新編。師事した江戸川乱歩、協働した高橋鐵らの知られざる事実。　4,000円

右であれ左であれ、思想はネットでは伝わらない。　坪内祐三

保守やリベラルよりも大切な、言論の信頼を問い直す。時代の順風・逆風の中、「自分の言説」を探し求めたかつての言論人たちのことを、今こそ静かに思い返したい。20年以上にわたり書き継いだ、体現的「論壇」論。著者生前最後の評論集。　2,800円

みんなみんな逝ってしまった、けれど文学は死なない。　坪内祐三

あの彼らの姿を、私たちは忘れていけない。「今を生きる文学者、使命」とは何か——「文壇おくりびと」を自任し、つねに「文学のリアル」を追い求めた評論家が書き継いできた、追悼と論考、文芸誌を中心とした雑誌ジャーナリズムへのオマージュ。　2,800円

恋の霊　ある気質の描写　トマス・ハーディ　南協子=訳

斬新な構成、独特な心理描写で、彫刻家である主人公の、三代にわたる女性への愛情が赤裸に描かれる——唯美主義、ダーウィニズムの思想を取り込み、〈性愛と芸術〉の関係を探究し続けた英国ヴィクトリア朝の詩人・小説家トマス・ハーディが最後に著したロマンス・ファンタジー。**ルリユール叢書**　3,200円

フェリシア、私の愚行録　ネルシア　福井寧=訳

「私をこんな馬鹿な女にした神々が悪いのです」——好事家泣かせの放蕩三昧。不道徳の廉で禁書となった、ほしいままにする少女の、18世紀フランスの〈反恋愛〉リベルタン小説。本邦初訳。**ルリユール叢書**　3,600円